novum pocket

Michael und Elisabeth Wittern

Auch Altenpfleger werden alt

Wenn der Geduldsfaden zur brennenden Lunte wird

novum pocket

Bibliografische Information
der Deutschen Nationalbibliothek:

Die Deutsche Nationalbibliothek
verzeichnet diese Publikation in der
Deutschen Nationalbibliografie.
Detaillierte bibliografische Daten
sind im Internet über
http://www.d-nb.de abrufbar.

Alle Rechte der Verbreitung, auch
durch Film, Funk und Fernsehen, fotomechanische Wiedergabe, Tonträger, elektronische
Datenträger und auszugsweisen
Nachdruck, sind vorbehalten.

Gedruckt in der Europäischen Union
auf umweltfreundlichem, chlor- und
säurefrei gebleichtem Papier.

© 2022 novum Verlag

ISBN 978-3-903382-63-3
Umschlagfoto:
VectorMine | Dreamstime.com
Umschlaggestaltung, Layout & Satz:
novum Verlag

www.novumverlag.com

Für Erwin

Für immer in unseren Herzen

Elisabeth bedankt sich bei
- Miriam für ihren Beistand und ihre Anregungen
- Katharina für die Verbindung zu alten (und guten) Zeiten
- Alissia, weil ich mich sich jeden Tag auf sie freue und sie gewissermaßen mein „täglich Brot" ist

Michael bedankt sich bei
- Anja Müller als Freundin und Ideengeberin

Beide bedanken sich bei
- ihrer Tochter Ani, dafür, dass sie Ani ist, und weil sie trotz all unserer Warnungen selbst auch in der Pflege arbeitet. Dir steht Großes bevor.

VORWORT

Wie sich die Dinge gleichen.
 In vielen Bussen hängen Plakate, die Werbung für den Beruf der *Fachkraft im Fahrdienst* machen. Eine junge Frau dreht mit einem leicht irren Lachen im Gesicht an einem Bus-Lenkrad. Der mürrisch dreinschauende echte Fahrer auf dem Fahrersitz weiß anscheinend gar nicht, wieviel Spaß sein Job eigentlich macht.
 Auf dem Cover einer großen Fachzeitschrift für Altenpflege sind regelmäßig glücklich lächelnde Senioren zu sehen, manchmal umarmen sie dankbar eine junge Pflegerin, die aussieht wie aus dem Ei gepellt und ebenfalls ein leicht entrücktes Lächeln im Gesicht hat. Das hat mit der Realität genau so viel zu tun, wie die übertrieben fröhliche Lenkrad-Dreherin auf den Plakaten.
 Wir schreiben ganz bewusst keine Fachbücher oder anklagende Betroffenheitsberichte. Das mag nicht für jeden zum öffentlichen Bild der Altenpflege passen, aber es ist unser Weg, Kontroverse und vielleicht auch ein bisschen Provokation einzubringen.
 Pflege kann – Pflege *muss* sich verändern. Vielleicht gelingt es uns, hier und da einen kleinen Denkanstoß zu geben. Jemand sagte kürzlich:
 „Am Ende ist alles gut, und wenn es nicht gut ist, ist es nicht das Ende".

In diesem Sinne wünschen wir viel Vergnügen beim Lesen.

Vor einiger Zeit sprach mich eine unserer Auszubildenden an. Sie sollte für eine Hausaufgabe eine Pflegefachkraft interviewen, die schon lange im Beruf ist. Ich war stolz, dass sie mich fragte, weil sie eine sehr wissbegierige Schülerin und eine hervorragende Kollegin ist, die immer mit Umsicht und Sorgfalt arbeitet. Die Frage war, wie diese Fachkraft, in diesem Falle also ich, das Berufsbild der Altenpflege sieht. Sinngemäß ist folgendes dabei herausgekommen:

„Ich sehe einen Beruf im Wandel. Als ich vor über 30 Jahren Zivildienst in einer Kurzzeitpflege-Einrichtung in Hamburg gemacht habe, ging es mit den Dokumentationspflichten gerade erst los. Wir hatten für die Bewohner da zu sein und nebenbei zumindest Auffälligkeiten zu dokumentieren, falls es mal Beschwerden gab. Die Fachlichkeit, die wir brauchten, war eine ganz andere als heute. „Diabetes mellitus" war für viele Fachkräfte ein unaussprechliches Fremdwort. Die Altenpflege war auch ein Sammelpunkt für „Paradiesvögel", die aus den unterschiedlichsten Gründen diesen Beruf gewählt hatten. Die Bezahlung war es für keinen von uns. Unser soziales Engagement war oft größer als unsere soziale Kompetenz. Ich weiß noch, dass ich in meiner Freizeit mit einem weiteren Zivi und einem noch relative jungen MS-Patienten abends ins „Kampnagel" in Hamburg gefahren bin, wo der Kabarettist Dieter Hildebrand auftrat.

In den Jahren nach dem Beginn der Pflegeversicherung wurde dann nach und nach eine andere Art der Fachlichkeit erwartet; es wurde mehr geschult, zu allen möglichen Aspekten der Pflege erschienen wissenschaftlich begrünbare Konzepte und Leitungskräfte mussten tatsächlich lernen, wie man Personal leitet. Routinemäßige

Qualitätskontrollen wurden zur Normalität. Durch Verbesserungen in der Arbeitsorganisation gelang es kurze Zeit, trotz weniger Personal eine effektivere Pflege zu leisten. Dann fing der Blick an, sich stärker auf den wirtschaftlichen Aspekt zu konzentrieren. Viele Kommunen gaben nur zu gern ihren Versorgungsauftrag an gemeinnützige Träger ab, z. B. an die Träger der Freien Wohlfahrtspflege. Dadurch waren die Heime gezwungen, wirtschaftlich zu arbeiten, weil Defizite nicht mehr aus den kommunalen Haushalten gedeckt wurden. Der soziale Aspekt trat seinen schleichenden Rückzug an. Es begann ein Teufelskreis aus Arbeitsverdichtung und an vielen Stellen – durch die Abkopplung von Tarifverträgen – einer schlechteren Bezahlung. Ich glaube, dass bereits damals der Grundstein für den heutigen Pflegenotstand gelegt wurde.

Heute erlebe ich den Beruf ambivalent, als widersprüchlich in sich selbst. Während der Mangel an Fachkräften immer deutlicher zu Tage tritt, steigen ständig die Anforderungen. Mehr Fachlichkeit, mehr Dokumentation, usw., usw. Ein ehemals hauptsächlich sozial geprägter Beruf ist auf dem Weg in die Akademisierung. Ich finde diesen Wandel nicht verkehrt, sehe ihn aber unter diesen Bedingungen kritisch. Wenn die versprochene flächendeckende Anhebung der Löhne genauso schnell gekommen wäre, wie der nächste Expertenstandard, wäre das mal ein Zeichen gewesen. Auch das Selbstbild junger Fachkräfte ändert sich ganz entscheidend. Wissend, dass sie dringend gebraucht werden, gehen viele dorthin, wo am meisten gezahlt wird. Entsteht auf der Arbeit Unzufriedenheit, wird zum nächsten Betrieb gewechselt, unter Umständen für noch mehr Gehalt. Eine emotionale Bindung zu Arbeitgeber und Betrieb entsteht oft gar nicht mehr. Vereinzelt fehlt es an dem Verantwortungsgefühl, ohne das man diesen Job nicht 100%ig erledigen kann. Ich weiß manchmal nicht, ob ich die Kollegen deshalb beneiden soll, weil meine Sozialisierung mir ein solch forderndes Verhalten unmöglich macht, oder ob ich mich über sie ärgern soll.

Ich habe Handwerker schon immer bewundert, nicht nur, weil mir selbst jedes Talent dafür fehlt, ich habe sie auch schon immer beneidet für das Gefühl, irgendwann nach getaner Arbeit vor etwas Fertigem zu stehen und es mit Stolz zu betrachten. In unserem Beruf erleben wir so etwas nicht. Unsere Arbeit beginnt immer wieder von vorn, ohne jemals fertig zu sein. Windel gewechselt? Nur für den Augenblick, sie bleibt nicht sauber. Bett frisch bezogen? Nur für den Augenblick. Pflegeplanung fertig gestellt? Längstens für 2 Monate, dann geht es von vorn los. Dazu die bekannte Arbeitsverdichtung durch Personalmangel, Prüfungen usw. Mein Geduldsfaden ist inzwischen eine brennende Lunte.

Aber es gibt auch immer wieder positive Erlebnisse, die wir nicht verschweigen wollen. Wir sind beide gesundheitlich angeschlagen, und wie das im Leben so ist: ein Problem kommt und bringt noch zwei mit. Das ist körperlich und psychisch belastend, und in solchen Momenten die Unterstützung des Chefs zu erleben, gehört eindeutig zu den sehr positiven Momenten. Ebenso Freundschaft und Zusammenhalt unter den Kollegen, und manchmal gelingt uns in einer besonders schwierigen und intensiven Situation eine besonders gute Pflege, z. B. eine gelungene Sterbebegleitung oder der Wiedergewinn einer verlorenen Fähigkeit bei einem Bewohner.

Ich bin gespannt, wohin sich die Altenpflege entwickeln wird. Eines jedoch weiß ich gewiss: ich kann und will nicht mehr Teil davon sein."

So oder so

Es kann so gehen...

Vor ein paar Wochen, kurz nachdem wir unseren ersten Entwurf für das 2. Buch beim Verlag eingereicht hatten, bekam ich die Diagnose „Diabetes mellitus". Zudem litt ich an einer starken Entzündung meines rechten großen Zehs. Als ich deswegen schließlich im Krankenhaus landete, grüßte der Knochen des Zehs morgens im wahrsten Sinne des Wortes „offen" und freundlich und fragte nach einer Tasse Kaffee. Der Zeh musste amputiert werden, und er fand kein freundliches Wort zum Abschied. Ein echter Flegel, ich bin froh, dass ich ihn los bin. Mein Diabetologe hatte mich an ein diakonisches Krankenhaus in Hamburg überwiesen, und was ich dort erlebt habe, hätte ich niemals für möglich gehalten.

Vom Moment der Aufnahme an wurde ich menschlich ebenso wie fachlich derart großartig versorgt, wie man es sich besser kaum denken kann. Selbst die Mahlzeiten erinnerten mich mehr an Hotelqualität als an ein Krankenhaus. Ich musste keine Information zweimal zu Protokoll geben, jeder Arzt oder Pfleger, mit dem ich Kontakt hatte, wusste bereits alles, was wichtig war.

Ich war insgesamt zwei Wochen im Krankenhaus, eine Woche, um die Entzündung zu beseitigen, dann kam die Amputation, und dann eine Woche Beobachtung der Wundheilung. Mit jedem Tag wuchs die Sehnsucht nach meiner Frau und unserem Hund, aber die

Versorgung blieb bis zum letzten Moment außergewöhnlich gut. Ich denke heute noch oft an die Pflegekräfte und Ärzte, weil sie mir eine schwere Situation so angenehm wie nur irgend möglich gemacht haben. Insbesondere hat mich die Organisation beeindruckt, weil diese jeder Fehler beinahe unmöglich gemacht hat. Alles war digitalisiert, und zwar in einer Form, in der alles ineinandergriff und jeder Fehler spätestens beim nächsten Arbeitsschritt auffallen musste und korrigiert werden konnte. Ein Pfleger, dem ich beim Rauchen von meiner Begeisterung erzählte, berichtete mir, dass auch für ihn die Arbeit sehr befriedigend sei, abgesehen von kleineren Problemen, die in der einen oder anderem Art überall vorkommen. Selbst die Corona-Auflagen wurden geräusch- und reibungslos erfüllt. Die vorgeschriebenen Tests konnten in der gegenüberliegenden Apotheke gemacht werden, sogar sonntags. Die Tests wurden von einem rund um die Uhr besetzten Pförtnerbüro kontrolliert und mit dem Personalausweis verglichen. Zur Anmeldung standen sowohl die „Luca-App" als auch Papierformulare zur Verfügung, und oft genug half der/die Pförtner*in freundlich beim Anmelden mit der App. Am Tag meiner Entlassung lag der Arztbrief bereits fertig im Schwesternstützpunkt, ich hatte alles an Zubehör für meinen Diabetes und die erforderlichen Verordnungen, um übergangslos versorgt zu sein. Zudem hatte ich eine ganze Woche lang kostenlose und großartige Schulungen, die mir, obwohl ich einigermaßen vom Fach bin, sehr weitergeholfen haben.

... ODER SO

Es scheint so einfach, durch gute Organisation gute Arbeitsergebnisse und zufriedene Mitarbeiter hervorzubringen. Warum, zum Teufel, macht man es dann nicht einfach?

Fangen wir mit dem Einzug eines neuen Bewohners an. Die Information über den Einzug geht stets spätestmöglich an die Wohnbereiche, aber egal, wie spät oder früh die Information kommt, der Dienstplan gibt sowieso keine Möglichkeit her, einen Mitarbeiter zumindest für kurze Zeit dafür abzustellen. Die Dokumentation erfolgt natürlich auf Papier, und wer immer etwas über den neuen Kunden wissen möchte, muss nur einmal quer durchs Haus laufen, hoffen, dass gerade niemand anderes die Akte braucht, und sich dann durch eine für gewöhnlich unleserliche Handschrift kämpfen, um wenigstens ein paar Infos über den neuen Bewohner zu erhalten. Dann das Problem, einen neuen Hausarzt zu finden oder wenigstens den Alten telefonisch zu erreichen. Eine übergangslose ärztliche Versorgung jedenfalls sieht anders aus. Was die obligatorischen Corona-Tests und -auflagen angeht, gibt es auch hier einfache, und es gibt funktionierende Möglichkeiten. Die einfache Möglichkeit ist, eine Fachkraft von ihren Aufgaben freizustellen und sie von morgens bis abends Teststäbchen in fremde Nasen stecken zu lassen, natürlich in voller Schutzkleidung. Im Plastikkittel läuft einem schon beim ersten Test der Schweiß über Rücken und Arme.

Fehlt diese Fachkraft, weil sie frei hat, Urlaub oder, noch schlimmer, krank ist, wird das Testen einfach auf alle anderen Pflegefachkräfte verteilt, die ja zum Glück sonst nichts zu tun haben. Ergebnis: Besucher, Bewohner und Fachkräfte sind – bitte um Verzeihung – nur noch angepisst.

Überhaupt, die lieben Angehörigen. Allen Balkon-Balladen zum Trotz bringen uns viele Angehörige keinerlei Respekt entgegen, sie zeigen uns gegenüber ganz im Gegenteil ein Verhalten, das in anderen Alltagssituationen als völlig indiskutabel angesehen würde. Stellen Sie sich einmal vor, sie erwerben in einem Elektro-Fachhandel ein Gerät, das bei genauerer Betrachtung nicht Ihren Ansprüchen genügt oder vielleicht einen Produktionsfehler aufweist. Also gehen Sie zurück in den Fachmarkt, werfen das Gerät mit ganzer Kraft auf den Boden, passieren einen der zufällig gerade freien Verkäufer, wünschen ihm freundlich einen schönen Tag und gehen nach Hause. Alternativ können Sie, wieder vorausgesetzt, Sie erwischen einen freien Mitarbeiter, das Gerät auch unter wüsten Beschimpfungen direkt vor dessen Füßen zerdeppern. So oder so stehen Ihre Chancen gut, nähere Bekanntschaft mit der Polizei oder – je nach Ausmaß Ihres Wutausbruchs – mit der Psychiatrie zu machen. Ganz anders die Situation in einem Pflegeheim:

1. Weihnachtsfeiertag, Spätdienst. Seit zwei Wochen haben wir eine neue Bewohnerin. Sie brachte zwei Pullover, eine nicht mehr passende Hose, drei Unterhemden und keine Socken ein. Sie ist inkontinent und die Kleidung bleibt nicht lange sauber. In der Annahme, die Kleidung müsse wohl ausreichen, kommt die Familie einmal in der Woche und nimmt bei der Gelegenheit die Schmutzwäsche mit. Aufgefüllt wird der Wäschebestand leider nicht, und so kommt es kurz vor Weihnachten dazu, dass keine frische Wäsche mehr im Schrank ist. Die Kollegen gehen

also in den Keller und holen passende Kleidung aus dem Wäschenachlass (Fundus). Der Besuch kommt, der Besuch geht, nicht ohne im Vorbeigehen „Frohe Weihnachten" zu wünschen. Als eine Kollegin das nächste Mal nach der Bewohnerin sieht, liegt die gesamte Wäsche auf dem Fußboden. Nur die eigene Hose der Bewohnerin, die am Bauch etwas zu eng geworden ist, wurde durch eine passende Hose aus dem Fundus ersetzt. Die Kollegen sind verständlicherweise aufgebracht und ich fühle mich genötigt, telefonisch nachzufragen, wie diese Aktion im Einzelnen zu verstehen sei. Mir wird mitgeteilt, die Sachen gehörten Mutti nicht (nur die besser passende Hose wurde offensichtlich adoptiert). Ich frage nach, ob ein Hinweis an die zahlreichen Pflegekräfte auf dem Wohnbereich nicht auch genügt hätte und schlage vor, den Bestand an eigener Kleidung aufzustocken. Dieser waghalsige und unvorhergesehene Vorschlag führt zu einem Einlenken am anderen Ende der Leitung. Die Flasche Sekt, die wir beim nächsten Besuch bekommen, übergeben wir der Kollegin, die das Wäsche-Chaos beim letzten Mal beseitigt hatte.

Auch Altenpfleger werden alt

Ich erinnere mich daran, dass meine Großeltern einen Schriftzug von Goethe an der Wand im Wohnzimmer hängen hatten: „Es ist keine Kunst, alt zu werden, es ist Kunst, es zu ertragen." Und jetzt ist es bei mir auch so weit. Ich bin gerade 55 Jahre alt geworden und spüre jeden einzelnen Knochen und Muskel im Leib. Ibuprofen ist mein täglich Brot, und ich arbeite nur noch im Spätdienst, weil ich weder um vier Uhr aufstehen, noch reihenlos Bewohner waschen in meinem Alter und Zustand noch bewältigen kann. Meine Zähne und ich schlafen getrennt, ich im Bett und meine Zähne im Safe; das müssen sie auch, so teuer wie die Prothese war. Andere kaufen sich dafür einen Gebrauchtwagen. Meine Augen taugen nur noch mit Brille zu was. Von meiner Schwiegermutter habe ich eine Brille mit Vergrößerungsgläsern bekommen, wie bei einer Lupe. Zwar geht hier Funktionalität vor Schönheit, aber ich liebe das Teil! Beim Friseur zahle ich Finderlohn und die Leber wächst mit ihren Aufgaben. Gesunde, fettarme Ernährung brauch Zeit und Geld, und beides habe ich nicht unbegrenzt. Meine Waage bricht in Tränen aus, wenn sie mich kommen sieht. Mein Blutdruck zaubert mir eine so schöne Röte auf die Wangen, dass meine Neurologin mich lächelnd fragt, ob ich auf Mallorca war und einen Sonnenbrand habe. Meine Augenbrauen sehen aus wie die von Theo Waigel, gemischt mit weißen Haaren dazwischen; gerade habe ich so ein Exemplar mit Brille und Lupe entfernt.

Eine Kollegin wollte mir helfen und das gute Stück mit den Fingern entfernen; entfernt hat sie es nicht, aber wenigstens kräuselte es sich hinterher. Ist doch immer wieder schön, wenn die Kollegen einen Grund zum Lachen haben... Bei meinen Beinen habe ich mich für den „Stachelbeer-Look" entschieden, da kommt ja keine Sau mehr gegen an. Ich muss mich im Gesicht häufiger als mein Mann rasieren, da sich sonst mein Oberlippenbart und Kinnhaare derart verbreiten, dass ich aussehe wie Herr Wittern. Mit Enthaarungscremes habe ich auch so meine Erfahrungen gemacht. Teilweise mit fatalen Folgen. An den falschen Stellen aufgetragen, brennt das Zeug dermaßen, dass ich trotz massiver Herzprobleme den Hansemarathon gewonnen hätte. Der Ehemann einer Kollegin verwechselte ihre Enthaarungscreme mit Gesichtscreme. Er wunderte sich zwar über den scharfen Geruch, benutzte sie aber trotzdem. Später lief er dann wochenlang ohne Wimpern und Augenbrauen herum.

Aber abgesehen von einem selbst angefutterten Diabetes (McDonalds ist ein guter Freund von mir), einem instabilen Herzen (weil ich mir alles viel zu sehr zu Herzen nehme) geht es mir ganz gut. Nur im Sommer habe ich ziemlich gelitten. Zusätzlich zu Außentemperaturen über 30° und gefühlten 99 % Luftfeuchtigkeit bin ich in den Wechseljahren und hatte meinen privaten kleinen Sommer obendrauf. Und das soll ich noch 10 Jahre bis zur Rente schaffen? Ich sehe mich schon mit meinem eigenen Rollator über den Wohnbereich laufen, Medikamente und Insuline auf der Sitzfläche. Heute hatte ich mal wieder ein bisschen Kardiotraining: wie bekomme ich noch die S-Bahn, um noch einigermaßen pünktlich nach Hause zu kommen?! Und das möglichst ohne

Herzversagen. Ich hatte Glück und habe die Bahn erreicht, denn es saß – vermutlich wegen Corona – niemand im Bus. Niemand stieg ein, niemand stieg aus und der Busfahrer hatte einen Bleifuß. Guter Mann!

Mein bester Freund

Abgesehen von meinem Mann und meinem Hund ist mein bester Freund meine Couch. Entweder, um entspannt darauf zu schlummern oder mich durch schöne Filme in eine andere Welt zu katapultieren. Mein Kardiologe würde sagen: „Mensch, Mädchen, setz Dich auf ein Fahrrad!", aber es redet und schreibt sich so schlecht, wenn man gerade unter Sauerstoffmangel leidet. Meine Couch ist ein Ort der Therapie für mich. Das schöne ist, dass mein Mann und ich beide in der Pflege arbeiten und wir uns gegenseitig am Abend das Herz ausschütten können, ohne den anderen zu nerven. Hier weinen wir oder lachen uns schlapp über die Ereignisse des Tages. Hier sitze ich auch mit unserem Notebook und schreibe diese Zeilen. Es hat etwas sehr Befreiendes, sich alles von der Seele zu reden. Meine Neurologin wäre bestimmt begeistert über meine Redseligkeit. Eines Abends habe ich meinem Mann etwas über einen Bewohner erzählt, das mir die Tränen in die Augen trieb und meinem Mann auch. Es war noch vor Corona. Ein Bewohner, der noch nicht allzu lang bei uns lebte, rollte mit seinem Rollstuhl über die langen Flure des großen Hauses. Er sah etwas blass und ziemlich betrübt aus. Ich sprach ihn an und fragte ihn, was denn los sei. Er fing bitterlich an zu weinen und brachte vor lauter Tränen kaum ein Wort heraus. Ich ahnte, was los war, denn ich wusste, dass seine Tochter gerade in den Urlaub gefahren war. Ich nahm ihn in den Arm und fragte, ob er seine Tochter vermisse. Er nickte und weinte und weinte. Ich versprach ihm, ich würde mal was versuchen, könne aber nichts versprechen. Seine Tochter hatte eine Handynummer für Notfälle hinterlassen und ich wählte die Nummer. In meinen Augen war das ein Notfall. Ich hatte Glück und sie ging ran. Ich entschuldigte mich, dass ich sie im Urlaub störte und schilderte die Situation. Sie gehörte zu den besonders netten Angehörigen und sagte, das wäre überhaupt kein Problem. Ich ging mit dem Handy zum Bewohner und gab es ihm. Ich entfernte mich ein paar Schritte, denn nach dem Gespräch brauchte ich mein Diensthandy zurück, wollte ihm aber auch etwas Privatsphäre lassen. Ich hörte ihn bitterlich weinen. Ich stand etwas abseits und weinte mit. Er tat mir so leid, aber seine Tochter konnte ihn beruhigen, sodass er wieder ein wenig lächeln konnte. Am nächsten Tag hat seine Enkeltochter ihn besucht und er strahlte wieder übers ganze Gesicht. Ich weiß, ich mache das jetzt seit dreißig Jahren, aber trotzdem nehmen sich solche Momente sehr mit.

Genauso, wie es solch bewegende Momente gibt, gibt es auch Momente, in denen man eigentlich nur noch den Kopf schütteln möchte und an einen Schildbürger-Streich denken muss. Natürlich haben Vorschriften und Regeln einen Sinn, aber man kann auch päpstlicher als der Papst sein. Im Speisesaal unseres Wohnbereichs steht ein Kühlschrank. Dort werden Lebensmittel für die Bewohner, z. B. Joghurts gelagert. Aber auch wir Mitarbeiter lagern mal eine Dose Cola oder ein Pausenbrot dort. Alles, worauf kein Name steht, wird vom Vorgesetzten erbarmungslos entsorgt. Heute habe ich in diesem Kühlschrank eine kleine Aprikose gefunden. Sie hat ihn tatsächlich überlebt, weil mit Kugelschreiber der Name des

Besitzers draufstand. Ich habe mir überlegt, ob ich ein Bund Weintrauben kaufe und an jede einzelne Weintraube ein Klebchen mit meinem Namen draufklebe. Das wäre ein Spaß, der vermutlich den Chef unter der Decke kreisen ließe. Solche Scherze kann man sich vermutlich nur erlauben, wenn man ein „alter Hase" ist.

Erster Kontakt
mit der Altenpflege

Meinen ersten Kontakt zur Altenpflege hatte ich mit 16 Jahren, also etwa vor 40 Jahren. Ich lebte damals in einem Mädchenwohnheim und hatte gerade meinen Hauptschulabschluss gemacht. Dort konnte man als „mithelfender Zögling" sein Taschengeld etwas aufbessern. Mir wurde gezeigt, wie man Menschen im Bett wäscht und umkleidet, Inkontinenzmaterial anlegt usw. Früher wurde das Gesäß von Pflegebedürftigen nicht eingecremt, sondern gepudert. Dafür gab es besondere Puder. Na ja, gesagt, getan und ich machte mich ans Werk, wusch und puderte eine Bewohnerin im Bett. Als mich die Stationsleitung fragte, ob ich zurechtkäme, und ob ich auch an das Puder gedacht hätte, bejahte ich dieses stolz und hielt die Puderpackung hoch. Die Stationsleitung lachte sich schlapp und ich schaute nochmal auf die Packung. Ich hatte Kukident-Haftcreme für Zahnprothesen benutzt. Bevor sich das Pulver mit Urin zu einer unauflöslichen Masse verbinden konnte, musste ich alles wieder entfernen. Ich war ja sowas von begeistert! Ein paar Tage später, ich hatte inzwischen gelernt, wie man Bewohnern Essen anreicht (das Wort „füttern" ist in der Altenpflege verpönt), hatte ich eine Bewohnerin, die absolut nicht essen wollte. Sie ließ alles aus dem Mund laufen und schluckte nichts herunter. Sie starrte nur stur an die Wand. Ich ging zur Stationsleitung und berichtete ihr, dass die Bewohnerin nicht essen wolle. Die Stationsleitung schaute nur kurz um die Ecke und meinte nur trocken: „Und sie wird auch nie wieder etwas essen." Ich hatte noch nie eine Leiche gesehen. Ich konnte nicht wissen, dass die Bewohnerin unbemerkt verstorben war. Heute bin ich vermutlich selbst so eine Schichtleitung (die Funktion der Wohnbereichsleitung nehme ich bewusst nicht mehr wahr; zu viel Stress, zu wenig Anerkennung). In all den Jahren habe ich mir eine gewisse Ruhe, Abgebrühtheit und auch Kompetenz angeeignet. Leider bin ich dadurch manchmal etwas schroff, ungeduldig und sehr direkt. Gerade diese Direktheit bringt mich häufig in Schwierigkeiten. Ich sage gerade heraus, was ich denke und ich bin leider nicht so diplomatisch wie mein Mann, der den richtigen Ton und die richtige Zeit findet; wir sind uns aber beide einig, dass der ein oder andere Mensch, der massiv von ihm kritisiert wird, dies gar nicht bemerkt, weil er nicht auf die Zwischentöne hört. Er sagt oft, dass er neidisch auf meine direkte Art ist. Ich glaube, ich passe in das Klischee des Heimkindes. Ich will keine Ausreden liefern, aber meine direkte und unverblümte Weise ist sicher auch ein Produkt meiner „Heimkarriere". Was ich sage, trifft selbst Vorgesetzte, und ich werde selten – eher gar nicht – eine Ergebens-Haltung einnehmen. Manche würden sagen, ich hätte ein Problem mit Autoritäten; ich glaube, mein Problem ist, dass ich so selten welche treffe. Sie sollten jetzt aber auf keinen Fall Angst um Ihre Angehörigen haben. Ich versuche immer alles zu geben, wenn es um die mir anvertrauten Menschen geht. Ich versuche immer, alles so zu regeln, wie diese – oder auch Sie, ihre Angehörigen – es sich wünschen. Aber ich bin auch ehrlich zu Ihnen und versuche, Ihnen die Situation so zu erklären, dass Sie die richtige Entscheidung treffen können. Als wir eines Tages eine neue Bewohnerin bekamen, fragte mich ihr Ehemann, der sich bis zuletzt bewundernswert in die Pflege seiner Frau eingebracht hat, was denn mit seiner Frau los sei. Da ich den Entlassungsbericht des Krankenhauses gelesen hatte, sagte ich ihm, dass seine Frau einen Hirntumor hätte, der nach Einschätzung der Ärzte nicht operabel sei. Er schaute mich an und sagte: „Danke, das hat mir noch niemand so ehrlich gesagt!" Ich würde alles Mögliche in diesem Leben tun, aber eines gehört nicht dazu: Ich werde Sie nie anlügen oder dramatische Situationen schönreden. Menschen sterben, das ist der Lauf des Lebens. Aber diese Menschen, alternativ die Menschen, die ihnen nahe stehen, haben das Recht, selbst zu entscheiden, wie dies geschehen wird. Es sind diese schweren Momente, in denen ich glaube, dass ich gute Arbeit leiste, egal, ob mir der Mensch sympathisch ist oder nicht. Wissen Sie, wenn Menschen in einem Pflegeheim aufeinandertreffen, egal in welcher Funktion dies geschieht, ist dies genauso von Sympathie und Antipathie geprägt wie im „normalen" Leben auch. Selbstverständlich werden alle, wirklich alle Bewohner nach bestem Wissen und Gewissen versorgt, und egal, ob man den Kollegen mag oder nicht, man arbeitet bestmöglich zusammen. Trotzdem empfindet man für einige mehr Zuneigung als für andere. Einmal habe ich für eine sterbende Bewohnerin (unser Verhältnis war immer von einer gegenseitigen unterschwelligen Abneigung geprägt) tagelang recherchiert, um ihren Sohn ausfindig zu machen. Er hatte sie noch nie besucht, und sie wollte ihn unbedingt noch einmal sehen. Nach einigen Tagen fand ich ihn irgendwo in Süddeutschland, wo er ein öffentliches Amt bekleidete. Er wollte seine Mutter jedoch nicht sehen. Wir wissen eben nicht immer, was in den Familien früher vorgefallen ist.

Ich stelle immer wieder fest, dass ich alles habe, was ich brauche. Ich habe einen Mann, der mich liebt, und das bedingungslos; wenn er könnte, würde er mir die Sterne vom Himmel holen. Ich spüre es jeden Tag. Er schenkt mir keine 100 Rosen zum Geburtstag oder Hochzeitstag, sondern wenn ich etwas schön finde oder von etwas träume, versucht er es zu realisieren. Meine Schwiegereltern lieben mich. Das kann eine Schwiegertochter vermutlich nur selten von ihren Schwiegereltern behaupten. Es ist ein Gefühl von Sicherheit, Ruhe und Wärme. Ich denke oft an sie und höre dann Musik von Dean Martin, Toni Christie oder Semino Rossi, so wie wir es immer beim Kartenspielen tun, wenn wir zusammen sind. Zu Zeiten von Corona kann ich leider nur davon träumen. In Gedanken bin ich dann bei ihnen, sitze in Gedanken auf ihrem Schoß wie ein kleines Kind und weiß, alles wird gut. Wenn wir uns sehen, sitzen wir zusammen, spielen Karten, essen lecker zusammen und reden über alles, ohne Geheimnisse. Man denkt und glaubt in seinem Herzen, dass es immer so sein wird, denn schlimme Dinge passieren ja nur den anderen. Und dann verstirbt mein Schwiegervater am Heiligen Abend mit einer Corona-Infektion.

Das Pflege-Paradoxon

Ein Paradoxon ist lt. Wikipedia etwas, das beim üblichen Verständnis der betroffenen Gegenstände bzw. Begriffe zu einem Widerspruch führt. Besser kann man die Pflege nicht beschreiben. Bevor ich meinen Bericht beginne, muss ich darauf hinweisen, dass sich mit dem Inkrafttreten des Pflegestärkungsgesetzes, Teil 2 (PSG 2) die Grundlagen für die Einstufung der Pflegebedürftigkeit grundlegend geändert haben. Das Paradoxon, von dem ich berichten möchte, war nichts des do trotz ca. 20 Jahre Alltag in der deutschen Pflegeversicherung.

Die Soziale Pflegeversicherung war immer als „Teil-Kasko-Versicherung" gedacht. Sie sollte und konnte nie die vollständigen Kosten für die Pflege abdecken. Die Pflegeversicherung hat sich immer nur an den Kosten für die direkte Pflege beteiligt. Kosten für Unterkunft, Verpflegung und Investitionskosten waren nie darüber abgedeckt. Und auch an den direkten Pflegekosten haben sich die Pflegekassen nur anteilig beteiligt. In welcher Höhe, hing von der Pflegestufe ab. Es gab fünf: von 0 (kein oder nur sehr geringer Pflegebedarf) bis 3 (erheblicher Pflegebedarf); für besondere Härtefälle gab es die Pflegestufe 3+.

Bei der Ermittlung der Pflegestufe ging es nach dem Zeitaufwand, der für die tägliche Pflege aufzuwenden war. Es gab einen festgelegten Katalog von Pflegemaßnahmen, die zur Ermittlung der Pflegestufe anerkannt waren. Für jede Maßnahme gab es einen Zeitkorridor von... bis... Minuten. Alles, was über den Durchschnitt hinausging, musste ausführlich begründet werden. Addierte man all die Minuten, die zusammenkamen, hatte man die Pflegestufe. Und von der Pflegestufe hing die Höhe der Pflegekosten ab.

Nehmen wir einmal an, ein alter Mensch zieht in ein Pflegeheim. Er leidet an einer unheilbaren Krankheit; eine fortschreitende Demenz, eine inoperable Krebserkrankung, eine fortschreitende Niereninsuffizienz oder was auch immer. Anfangs kann man ihn – oder sie – noch in den Rollstuhl mobilisieren und auf den Toilettenstuhl setzen. Dann schreitet die Krankheit weiter fort. Pfleger wie Angehörige schauen dem Verfall hilflos zu. Dann soll die Pflegestufe überprüft werden. Die Angehörigen gehen natürlich davon aus, dass bei der offensichtlichen Verschlechterung des Gesundheitszustandes die Pflegestufe zumindest erhalten bleibt, möglicherweise sogar erhöht wird. Denn schließlich kann der alte Mensch immer weniger allein bewältigen, immer mehr Fähigkeiten und Kompetenzen gehen verloren, der Grad der Abhängigkeit steigt und steigt mit jeder Woche. Und dann kommt die Überraschung: der Bescheid über die Pflegestufe ist da. Die Pflegestufe wurde von drei auf zwei reduziert. Was? Wie kann das sein? Da muss ein Fehler vorliegen!

Nein, tut es nicht. Es geht, wie gesagt, um den Zeitaufwand. Der alte Mensch, der hier exemplarisch beschrieben wird, ist irgendwann zu krank, um ihn noch in den Rollstuhl zu setzen. Kann er nicht mehr auf den Toilettenstuhl gesetzt werden, verordnet ein mitfühlender Hausarzt irgendwann einen Blasenkatheter. Damit fallen zwei anerkannte Tätigkeiten weg, die die Pflegestufe maßgeblich beeinflussen. Die Tätigkeiten, die stattdessen anfallen, nicht zuletzt ein bisschen Zuwendung an einen sterbenden Menschen, sind leider nicht durch den Katalog anerkannt und beeinflussen die Pflegestufe nicht. Somit reduziert sich die Pflegestufe – und damit auch die Vergütung der Pflege – erheblich. Machen Sie das mal einem Angehörigen klar, wenn Sie es selbst nicht verstehen.

Im gleichen Zusammenhang sind die Kontrakturen ein beliebtes Thema. Unter einer Kontraktur versteht man die Versteifung eines Gelenks, was u. a. durch Bewegungsmangel geschehen kann. Das wäre natürlich die Schuld der Pflegekräfte, denn die könnten ja durch mehrfaches Bewegen der Gelenke der Kontraktur entgegenwirken. Da eine Kontraktur, wenn sie einmal entstanden ist, nicht mehr zurückgebildet werden kann, ist dies natürlich ein Thema von Bedeutung, weil es den Alltag dauerhaft beeinträchtigen kann. Besonders gefürchtet ist der sogenannte „Spitzfuß"; liegt ein Mensch dauerhaft im Bett, sorgt die starke Wadenmuskulatur dafür, dass sich der Fuß überstreckt, sodass die Ferse beim Gehen den Boden nicht mehr berühren kann. Folgerichtig spielt die Kontrakturenprophylaxe, also Maßnahmen, die der Entstehung einer Kontraktur entgegenwirken, bei jeder Qualitätsprüfung durch den Medizinischen Dienst eine erhebliche Rolle. Ein Versäumnis der Pflegekräfte würde zu einer schlechten Bewertung durch den MDK führen. Diese Maßnahmen sind von einem erheblichen Zeitaufwand. Geht es dann aber an die Einstufung in eine Pflegestufe, werden die Maßnahmen zur Kontrakturenprophylaxe mit folgendem Zeitaufwand berücksichtigt: Null!

Leiten – kann das jeder?

Ich habe in meiner Ausbildung zur Pflegedienstleitung gelernt, dass man diejenigen Mitarbeiter besonders wertschätzen soll, die sich auch mal kritisch einbringen, weil sie noch echtes Interesse am Betrieb haben; die, die zu allem Ja und Amen sagen, sind für den Betrieb eigentlich verloren, weil sie sich nicht mehr wirklich engagieren. Leider haben viele Vorgesetzte diesen Teil wohl verpasst. Oft sind die Kriterien für die Beförderung eher: unkritisches Verhalten gegenüber den Vorgesetzten, zusätzliche Dienste übernehmen und jede eigene Grenze ignorieren. In der Altenpflege herrscht immer noch die Vorstellung, Leiten könne jeder. Großartige Konzepte wie der „Situative Führungsstil", Analyse von Stärken und Schwächen der Mitarbeiter, gezielte Förderung usw. sind nur für die anderen da. Wer am meisten in „Action" ist, gilt als besonders fleißig und wenn er dann noch Nicht-Raucher ist, ist alles klar. Ich bin selbst Raucher und nutze jede Raucherpause, um meine Gedanken zu ordnen und mich selbst zu organisieren. Die meisten Raucher, die ich kenne, funktionieren so. Ich kenne genauso viele Nicht-Raucher, die sich regelmäßig als mehr oder weniger ineffektiv erweisen. Aber das interessiert leider nicht. Ich habe oft genug erlebt, dass das ständige In-Bewegungsein und über- die-Flure-Laufen auch ein Zeichen von Unorganisiertheit sein kann. Am letzten Arbeitstag am Ende eines 10-Tage-Turns konnte ich das auch an mir selbst feststellen. Was uns fehlt, ist die Fixierung auf

Ergebnisse. Wer ein vereinbartes oder festgelegtes Ziel erreicht, hat seinen Job gut gemacht; innerhalb notwendiger Grenzen soll er seinen Weg dorthin doch selbst bestimmen. Bei den Ärzten heißt es „wer heilt, hat Recht". Ich habe früher oft gesagt, wenn ich im Baströckchen auf dem Tisch tanzen muss, damit die Mitarbeiter am Ende das gewünschte Ziel erreichen, dann tue ich das. Ziele müssen immer klar formuliert sein und auch klar und offen kommuniziert werden; dazu kann auch eine gewisse Offenheit gegenüber den Mitarbeitern erforderlich sein, und das setzt Vertrauen voraus. Dazu braucht es aber Leitungskräfte, die ihr Handwerk wirklich gelernt haben. Es erfordert neben dem Fachwissen auch die Arbeit an sich selbst, um Aufgaben fachgerecht zu delegieren, statt alles selbst zu machen; es erfordert auch Vertrauen in die handelnden Personen und die Bereitschaft, auch mal ein Scheitern in Kauf zu nehmen (sofern dies kein Risiko für die uns anvertrauten Bewohner bedeutet). Wirklich lernen kann man nur durch Fehler. In dem Moment, in dem ein Vorgesetzter in den Prozess einer Aufgabe eingreift, übernimmt er auch wieder die Verantwortung für Erfolg oder Misserfolg. Zum Leiten gehört auch ein gewisser Wissensvorsprung, zumindest aber die Bereitschaft, sich um Fragen der Mitarbeiter zu kümmern, selbst wenn man sie nicht sofort beantworten kann. Dies beginnt schon bei jeder Wohnbereichsleitung, die bereits der mittleren Leitungs-Ebene zuzuordnen ist. Am schlimmsten jedoch sind für mich Menschen, die glauben, eine höhere Position in der Hierarchie bedeute nur mehr Privilegien für sie. Das kann ich nicht ertragen. Für mich war jeder Beförderung immer gleichbedeutend mit mehr Verantwortung und höheren Ansprüchen an mich selbst. Im antiken Rom gab es beim Militär den „primus inter pares", d. h. „Erster unter Gleichen". Mit dieser Interpretation einer Leitungsrolle bin ich als Vorgesetzter immer ganz gut gefahren. Egal, welche Position man gerade bekleidet: es gibt kein „Ich" in dem Wort Team (im englischen „there is no „I" in *Team*" klingt es zugegebenermaßen noch besser).

Die Fortbildung

Beim Thema Fortbildung denke ich manchmal daran, was herauskommt, wenn die beiden Wortteile vertauscht: Bildung fort. Es gibt Alibi-Fortbildungen, die für Teilnehmer und Referenten gleichermaßen unangenehm sind, weil man Jahr für Jahr das Gleiche wiederholen muss. Man versucht als Referent sein Bestes, um das Thema irgendwie interessant zu machen und schaut dennoch nur in gelangweilte Gesichter. Die eine Hälfte der Teilnehmer kann beinahe mitsprechen, weil sie das alles schon 23.000 mal gehört habt, die andere Hälfte wird es auch nach weiteren 23.000 Fortbildungen nicht in die Praxis umsetzen. Die jährlichen Pflichtfortbildungen sind weder für die Teilnehmer noch für den Referenten ein Vergnügen. Nehmen wir z. B. die jährlich zweimal stattfindende Fortbildung zum Medikamentenmanagement. Jahr für Jahr geht der arme Apotheker seine Folien durch und weist darauf hin, dass ein Medikamentenkühlschrank vorn an der Tür wärmer ist als weiter hinten. Man denke sich eine monotone Stimme des Vortragenden und berücksichtige, dass die meisten Teilnehmer seit 6.00 Uhr gearbeitet haben und man kann die Energie im Raum förmlich spüren. Gähn ...

Beliebt ist auch die jährliche Fortbildung zum richtigen Umgang mit dem Inkontinenzmaterial, also Vorlagen und Windeln. Es ist ja nicht so, dass ein Großteil unserer täglichen Arbeit aus dem Anlegen und Entfernen dieses Materials besteht.

Ganz prima finde ich, wenn ausgewählte Fachkräfte zu Experten für Wundversorgung ausgebildet werden. Ein anspruchsvolles und interessantes Thema, zumindest, wenn es einem nichts ausmacht, eitrige und übelst-riechende Wunden, die teilweise bis auf den Knochen gehen, vor sich zu haben. Das ist wirklich mal eine sinnvolle Fortbildung. Leider ist es so, dass diese Wundexperten keinen Einfluss auf die Art der Wundversorgung haben. Fortschrittliche Ärzte lassen wenigstens die Zusammenarbeit mit externen Wundexperten zu, die bei den verschiedenen Sanitätshäusern angestellt sind (und eine noch umfassendere Weiterbildung abgeschlossen haben). Manche Ärzte bringen es aber auch nicht über sich, diese Kompetenz abzutreten. So begegnen uns immer mal wieder Anordnungen zur Wundversorgung, die Sie in keinem Lehrbuch nach 1980 mehr finden. Aber das hat wenigstens etwas Nostalgisches an sich.

Am schlimmsten aber finde ich es, wenn ein Unternehmen eine Fortbildung teuer bezahlt, Leitungskräfte aus mehreren Zweigstellen dafür bezahlt freistellt und für die Verpflegung der Teilnehmer bezahlt, anschließend aber keinerlei Willen zeigt, die Fortbildung in die Praxis umzusetzen. So geschehen vor ein paar Jahren:

Mein Arbeitgeber bucht eine Fortbildung bei einer namhaften Referentin. Residenzleitungen, Pflegedienstleitungen und Qualitätsbeauftragte aus allen norddeutschen Zweigstellen der Firma finden sich ein. Die Schulung ist fantastisch. Es geht um die Zukunft der stationären Altenpflege. Sie hat auch ein Buch darüber veröffentlicht. Sie ist der Überzeugung, dass die wenigen Pflegefachkräfte, die es noch gibt, sich ausschließlich um ihre eigentlichen Aufgaben kümmern müssen, d. h., den

Pflegeprozess planen und steuern, Mitarbeiter anleiten, Medikamentenmanagement usw. In der ambulanten Pflege ist dies wegen eines völlig anderen Finanzierungssystems schon lange der Fall. Bewohner waschen, auf die Toilette setzen und Betten ausseifen gehören demnach nicht zu ihren Aufgaben. Die Argumentation der Dame ist absolut schlüssig und mitreißend. Einige Wochen später gehe ich über einen Wohnbereich und sehe die stellvertretende Wohnbereichsleitung(!) nach dem Abendessen den Speisesaal feudeln. Mir fällt beinah das Abendessen aus dem Gesicht. Schade um die Zeit, das Geld und meinen Glauben an den gesunden Menschenverstand.

Eine Fortbildung ist mir in besonderer und zwiespältiger Erinnerung geblieben. Es muss etwa 25 Jahre her sein. Ich hatte mein Examen noch nicht allzu lange, und doch hatte ich schon einen Punkt erreicht, an dem ich meinen Beruf zum ersten Mal verabscheut habe. Im Hochsommer schwitzend mit den Fäkalien anderer Menschen zu hantieren, widerte mich einfach an. Ich konnte privat weder weiße T-Shirts noch weiße Oberhemden tragen, weil sie mich immer an meine weiße Pflegekleidung erinnerte. Mitten im Sommer wurde ich zu einer zweitägigen Fortbildung verdonnert – äh, eingetragen, die bei uns in der Einrichtung stattfinden sollte. Ich war echt angepisst, weil ich mich mit meinem Job nicht mehr als unbedingt nötig beschäftigen wollte. Zu der Zeit fand gerade ein Wechsel des Pflegemodells in Deutschland statt. Bis dahin wurde ein System gelehrt, das bereits seit Jahrzehnten „im Dienst" war. Das Leben eines pflegebedürftigen Menschen wurde in sogenannte „ATL" eingeteilt, **A**ktivitäten des **t**äglichen **L**ebens. Nun setzte sich ein neues System durch, genannt „AEDL" **A**ktivitäten und existenzielle

Erfahrungen des Lebens. Ich dachte bei mir: „na super, jemand tauscht zwei Buchstaben aus und verdient sich eine goldene Nase!" Am ersten Tag der Fortbildung saß ich also mit verschränkten Armen auf meinem Stuhl und versuchte möglichst mürrisch und ablehnend auszusehen. Die Fortbildung nahm ihren Lauf und entpuppte sich als interessanter, als ich gedacht hatte. Hinter dem neuen Begriff verbarg sich so viel mehr als der Austausch von Buchstaben. Nachdem die Aktivitäten wie „sich kleiden", „Ruhen und Schlafen", „Essen und Trinken" und weitere durchgesprochen waren, kamen wir zu den existentiellen Erfahrungen. Die Referentin betonte, dass das Thema „Sterben" ausdrücklich nicht dazu gehöre. Trotz meines Vorsatzes, mich an der Fortbildung nicht aktiv zu beteiligen, warf ich mit einer gewissen Empörung die rechte Hand in die Luft, um mich zu Wort zu melden. Es entstand eine lebhafte Diskussion zwischen der Referentin und mir, weil ich der Meinung war und bin, dass es abgesehen von der Geburt wohl kaum eine existentiellere Erfahrung als den Tod gibt. Am Ende des zweiten Tages überreichte die Referentin uns allen unsere Teilnahmebescheinigungen; sie fand zu jedem ein paar persönliche Worte, was mich sehr überraschte, da eine so bekannte Persönlichkeit sicher hunderte Kursteilnehmer in kürzester Zeit vor sich hatte. Da es nach Alphabet ging, kam ich wie meist als Letzter an die Reihe. Sie drückte mir die Hand (es war lange vor Corona) und sagte zu mir: „Ich bin stolz, Sie zum Kollegen zu haben". Bei aller Freude über dieses Kompliment wäre ich am liebsten im Erdboden versunken wegen meiner unausgesprochenen negativen Einstellung zu Beginn der Fortbildung; dieses Schämen habe ich mir über all die Jahre bewahrt.

ÜBER DIE KUNST ZU DEMOTIVIEREN

In meiner Ausbildung zur Pflegedienstleitung habe ich auch gelernt, dass ein Chef seine Mitarbeiter nicht motivieren kann, wohl aber demotivieren. Natürlich muss man als Chef daraus keine Verpflichtung ableiten. Vor die Wahl gestellt, entweder: gute Leistungen zu loben, bei Fehlern wertschätzend zu verbessern, Selbstbewusstsein zu stärken und Offenheit mit eigenen Unsicherheiten zu fördern, oder andererseits: gute Leistungen zu ignorieren, Fehler öffentlich und lautstark zu kritisieren und jede noch so kleine Inkorrektheit nicht nur zu bemerken, sondern auf jeden Fall auch anzusprechen, fällt die Wahl allzu oft auf die zweite Möglichkeit. Unser Job ist streng nach Lehrbuch in der heutigen Situation nicht mehr zu erbringen. Abstriche müssen zwangsweise überall und immer wieder gemacht werden. Wichtig ist es, alles so zu organisieren, dass gewährleistet ist, dass nichts liegenbleibt, was nicht liegenbleiben darf. Es ist eine nicht zu überschätzende Kunst eines jeden Vorgesetzten, an der richtigen Stelle auch mal wegzuschauen, oder bei gewissen Äußerungen mal ein Piepen im Ohr zu haben, sodass man leider gar nichts verstehen konnte. Es muss nur sichergestellt sein, dass dadurch kein Schaden entstehen kann. Ebenso wichtig ist es, die Mitarbeiter wissen zu lassen, dass man nur vorübergehend schlecht hört und sieht. Vermittelt werden sollte ein Verständnis für die Umstände, nicht aber offizielle Billigung. Aber Prinzipienreiterei zur falschen Zeit kann bei den Mitarbeitern unendlichen Schaden anrichten.

IBV und IAV

Ein gutes Instrument, nicht nur die Mitarbeiter zu motivieren, sondern auch noch einen Vorteil für den eigenen Betrieb zu ergattern, ist das IBV: das innerbetriebliche Vorschlagswesen. Dabei werden Mitarbeiter belohnt, die einen sinnbringenden Verbesserungsvorschlag machen, der über ihren eigenen Verantwortungsbereich hinausgehen. Das muss nicht zwangsweise ein Geldhonorar sein; ein Gutschein für ein Buch oder eine CD, vielleicht für ein schönes Parfum können obendrein noch persönliches Interesse signalisieren.

Im Gegensatz dazu steht das IAV: das innerbetriebliche Aufschubs-Wesen. Zugegeben, den Begriff habe ich erfunden. Es soll die nahezu unbegrenzten Möglichkeiten der Demotivation beschreiben, die im Ignorieren kreativer Vorschläge von Mitarbeitern liegen. Diese Taktik wird noch effektiver, wenn man einen Vorschlag nicht sofort ablehnt, sondern bis zum Sankt-Nimmerleinstag aufschiebt.

Bewährt haben sich Sätze wie:
- Das klingt interessant, da sollten wir noch mal drüber reden
- Oh, da bin ich noch nicht zu gekommen; ich schaue es mit gleich morgen früh an und melde mich dann bei Ihnen

Wichtig ist nur, dass das Thema nie wieder aktiv angesprochen wird. Hilfreich ist es, wenn man Folgendes beherzigt: Ein (genervter) Blick sagt mehr als tausend Worte! Wie heißt es so schön: man kann einem Menschen nichts mehr nehmen, wenn er keine Hoffnung mehr hat. Die Hoffnung aufrecht zu erhalten, ermöglicht die beste Folter. Also halte die Hoffnung deiner Mitarbeiter am Leben, dass du ihren Vorschlag doch noch würdigen wirst. Auch wenn Du den Inhalt des Vorschlages natürlich längst vergessen hast.

Die Verzögerungstaktik funktioniert ebenfalls glänzend bei Urlaubsanträgen, die du im Leben nicht bewilligen wirst, und anderen unbequemen Anfragen.

Das „hab-ich-doch"-Syndrom

Bevor die Ottifanten als Comicstrip die letzten Seiten der Tageszeitung „Hamburger Morgenpost" erobert haben, gehörte dieser Platz einem englischen Helden des Alltags: Willi Wacker (im Original „Andy Cap"). Willi ist ein rechter Taugenichts. Er ist arbeitslos und interessiert sich nur für Fußball (natürlich, er ist ja Engländer), seine Tauben und Bier. Seine Frau, Florchen, ist übergewichtig, fleißig und leidgeprüft mit ihrem Mann. Eines Tages geht Florchen einkaufen. Sie hat Milch auf den Herd gestellt und trägt Willi, der auf dem Sofa liegt, auf, darauf zu achten, wann die Milch kocht. Sie kommt vom Einkauf zurück und der Herd ist voll angebrannter Milch. Sie: „Du solltest doch aufpassen, wann die Milch kocht!" Er: „Hab ich doch: es war halb drei."

Das erinnert mich leider oft an die Einstellung mancher Kollegen. Sie erledigen ihren Teil der Arbeit, interessieren sich aber nicht dafür, was dabei herauskommt (siehe zielorientiertes Arbeiten). In unserer Firma haben die verschiedenen Abteilungen des Hauses an zwei verschiedenen Orten interne Postfächer. Einer steht ganz oben in der Verwaltung. Früher waren wir alle täglich mindestens einmal dort, weil die morgendliche Kurzbesprechung nebenan stattfand. Da der Besprechungsraum recht klein und schlecht zu lüften ist, haben wir sie wegen Corona ins Souterrain verlegt und es gibt keinen Grund mehr, zu Fuß ins Obergeschoss zu gehen, zumal ich mittlerweile etwas gehbehindert bin.

Die Verwaltungsfachkräfte legen mir ein Schreiben vom MDK in mein Fach, in dem ein Antrag auf Erhöhung des Pflegegrades abgelehnt wird. Wir haben vier Wochen Zeit, mit dem Betreuer zusammen Widerspruch einzulegen. Das Schreiben liegt also in meinem Fach und ist jeden Tag dort für die Verwaltungskräfte sichtbar. Nach etwa sechs Wochen verschlägt es mich zufällig in den Verwaltungs-Elfenbeinturm. Nach Atem ringend leere ich bei der Gelegenheit auch mein Postfach. In meinem eigenen Büro angekommen, vier Stockwerke tiefer, gehe ich die Post durch (gleich nachdem ich wieder Luft bekomme). Die Widerspruchsfrist ist inzwischen seit zwei Wochen abgelaufen. Natürlich hat die Verwaltung ihren Teil erledigt, aber es erinnert doch an bisschen an die kochende Milch von Willi Wacker. Ein weiteres schönes Beispiel liegt schon etliche Jahre zurück. Eine alte Dame, schwer an Demenz erkrankt, hat schon seit 5 Tagen keinen Stuhlgang gehabt. Bis zu 3 Tage sind vertretbar, danach muss ein Arzt eingeschaltet werden. Es ist der Freitag vor meinem freien Wochenende. Ich habe Frühdienst und mittags wird das Thema besprochen. Ich gehe gut gelaunt ins Wochenende und komme Montagmittag übel gelaunt wieder zum Spätdienst. Übergabe: bewusste Dame wird angesprochen: sie habe noch nicht angeführt. Nächster Bewohner. Ich stutze und bringe das Thema zurück. „Ist das immer noch das Thema vom Freitag?" „Ja, ist noch nichts passiert." Ich zweifle an mir und der Welt: sie hat seit 8 Tagen nicht abgeführt, aber keiner meiner Kollegen scheint sich dessen noch bewusst zu sein. Ich befrage sie anwesenden Kollegen nach ihrem Geisteszustand und dränge auf eine Lösung. Wie gesagt: Hat ich doch, es war halb drei.

3 Engel für Charlie

Man sagt: „der Starke ist am mächtigsten allein". Das ist kompletter Blödsinn. Niemand ist so stark, dass er alles allein kann. Wirklich niemand. In unserem Fall sind es drei Engel, die uns durch den Alltag helfen, obwohl keiner von uns Charlie heißt. Es ist schon unter normalen Umständen nicht leicht, neben dem Job den eigenen Haushalt am Laufen zu halten. Die Arbeit belastet auch in der Freizeit, die Arbeitstage sind bekloppt und freie Tage oder gar freie Wochenenden selten. In unserem Fall kommt dazu, dass ich wegen meiner Gehbehinderung vieles, was ich normalerweise übernommen habe, nicht mehr tun kann, sodass es an meiner Frau hängen bleibt. Und Bücher schreiben sich auch nicht von allein, aber das ist Zeit, die wir gern investieren. Erschwerend kommt hinzu, dass ich handwerklicher Legastheniker bin. Ich kann durchaus eine Glühbirne wechseln, aber die Glühbirne muss auch wirklich mitmachen. Zum Aufbau eines Schrankes brauche ich drei Wochen Urlaub, weil Schnupsel A grundsätzlich nicht in Öse B passt, ich bei jedem zweiten fertiggestellten Teil feststelle, dass ich es verkehrt herum zusammengesetzt habe und weil bei den Holzdübeln X stets einer in der Tüte fehlt. Ohne unsere 3 Engel hätten wir große Probleme, unseren Alltag zu bewältigen. Es hilft sehr, wenn man Unterstützung beim Einkaufen hat oder wenn man von der Arbeit abgeholt wird, wenn der Bus mal wieder nicht fährt. Ein großes Dankeschön an unsere und tausende weitere ungenannte Freunde und Helfer!

Tradition gegen Moderne

Die Digitalisierung eröffnet auch in der Altenpflege ganz neue Möglichkeiten. Es gibt Assistenz-Roboter, die kleine Handreichungen für die Bewohner erledigen und deren Gesellschaft von den Bewohnern erstaunlicherweise als sehr angenehm beschrieben wird. Es gibt Videospiele, die speziell auf die Bedürfnisse älterer Menschen abgestimmt sind und nebenbei auch noch Fingerfertigkeit und Feinmotorik trainieren. Es gibt Videotelefonie, die gerade zu Zeiten von Corona-bedingten Besuchssperren von unschätzbarem Wert ist. Und ja, es gibt auch technische Möglichkeiten, die die Arbeit für die Pflegekräfte erleichtern. Auch das interne Controlling, also die Überwachung des Pflegeprozesses, und die Kommunikation werden deutlich verbessert.

Da wäre z. B. die Möglichkeit, die Pflegedokumentation, deren Komplexität und Umfang wir ja im ersten Buch beschrieben haben, EDV-gestützt zu führen. Zugegeben, anfangs hatten die entsprechenden Programme mit Kinderkrankheiten zu kämpfen. Einige waren nicht viel mehr als bessere Schreibprogramme, aber heutzutage sind die Möglichkeiten, die diese Programme bieten, absolut faszinierend. Zudem hat die Bundesregierung zuletzt die Umstellung auf EDV durch erhebliche Zuschüsse erleichtert.

Dienstpläne können mit professionellen Programmen geschrieben und am Ende des Monats ausgewertet werden:
- War der Personaleinsatz auf den Wohnbereichen angemessen in Bezug auf die Belegung?
- Haben Mitarbeiter zu viele Überstunden gemacht?
- Wie war die Ausfall-Quote der einzelnen Mitarbeiter?

Fotos von Wunden bei Bewohnern können bei entsprechender Verschlüsselung digital an den Hautarzt gemailt werden, sodass auch ohne Visite zeitnah eine Behandlung beginnen kann. Alles, was es dazu braucht, ist eine Digitalkamera, ein Stick zum Auslesen der Fotos und Zugang zum Internet.

All diese tollen Möglichkeiten kann man heute nutzen – muss man aber nicht.

Kostenloses WLAN für Internettelefonie? Ach nö, kostet Geld und ging ja die letzten 30 Jahre auch ohne. Technische Unterstützung für die Abteilung „Beschäftigung"? Was ist denn aus dem guten alten Mensch-ärgere-dich-nicht geworden? EDV-gestützte Pflegedokumentation? Noch dazu mit staatlicher Unterstützung finanziert? Und was wird mit den ganzen Papierformularen für die handschriftliche Dokumentation? Die sind schon bezahlt. Und sind die Mitarbeiter nicht sowieso zu blöd? Und wer braucht schon die Auswertungen, die diese Programme ermöglichen? Vergleich des Personalbedarfs über das Dienstplanprogramm, sodass die Mitarbeiter adäquat auf die Wohnbereiche verteilt werden können? Wozu, das faule Pack sitzt doch sowieso die halbe Zeit rum und raucht. Und Internet für die Wohnbereiche, z. B. um Wundfotos zu versenden? Damit machen die Mitarbeiter mit Sicherheit nur Blödsinn. Namensschilder für die Bewohnerwäsche kann man mit Hilfe eines sogenannten „Patchers" innerhalb von Minuten angebracht werden; über Hitze und Druck wird das Schildchen mit einer Handbewegung sicher angebracht. Oder man lässt Schildchen für Schildchen in Handarbeit einnähen.

Nostalgie und Werte von früher sind wichtig und richtig. Miteinander reden, statt sich über den Tisch hinweg zu simsen; auch mal zu denken, statt zu googeln, das alles hat unbestritten seine Berechtigung, aber wer sich heute den technischen Möglichkeiten komplett verweigert, tut sich selbst keinen Gefallen. Und seinen Kunden und Mitarbeitern auch nicht.

Grenzenlos durch die Nacht

Dass die Interessen von Chef und Mitarbeiter nicht immer konform sein können, leuchtet ein. Natürlich sind die Möglichkeiten, diese Interessen auch tatsächlich durchzusetzen, sehr ungleich verteilt. Da hilft es auch nicht, wenn unser scheidender Bundesgesundheitsminister öffentlich bekannt gibt, die Pflegekräfte müssten sich besser organisieren und für sich selbst kämpfen, weil sie ja am längeren Hebel sitzen. Setzen, sechs. Gehen Sie zurück zu Ihrer Sparkasse, gehen Sie nicht über Los und streichen Sie keine lebenslange Pension ein. Zum Thema „längerer Hebel": in einer Pflegeeinrichtung, in der wir früher zusammengearbeitet haben, wurden Diebstähle bei Bewohnern festgestellt und die Polizei wurde eingeschaltet. Es wurde intern spekuliert, wer in Frage käme. Als der Name eines Pflegehelfers fiel, äußerte unser Residenzleiter, der dem eifrigen Leser schon aus unserem ersten Buch bekannt sein dürfte: „bei dem, was die Pflegehelfer hier verdienen, wundert es mich, dass die nicht alle klauen!". So viel zum längeren Hebel. Es konnte übrigens nie festgestellt werden, ob überhaupt einer unserer Kollegen dafür verantwortlich war. Auf der einen Seite haben wir also den Chef, der schon durch die – wenn auch unausgesprochene – Drohung mit dem Verlust des Arbeitsplatzes eine starke Position hat, auf der anderen Seite Mitarbeiter, die wegen des eklatanten Personalmangels zunehmend aus dem europäischen Ausland stammen, unsere Sprache erst lernen müssen und sich mit den deutschen Arbeitnehmerrechten nicht auskennen. Ins Visier geraten kann eigentlich jeder, der nicht funktioniert. Dieses Wort scheint hier sehr hart und vielleicht unangebracht, aber es trifft absolut zu. In jeder Branche ist es schmerzlich, wenn ein Mitarbeiter nicht zur Arbeit kommen kann. Wahrnehmung und Konsequenz daraus sind aber nicht überall gleich. Meine erste Ausbildung habe ich bei einer großen Krankenkasse in Hamburg gemacht. Waren Mitarbeiter im Kundendienst krank, stapelte sich eben die Post der Mitglieder, soweit die anderen sie nicht mitbearbeiten konnten. Wenn ein verärgertes Mitglied anrief und sich nach seinem Antrag erkundigte, bekam es die Auskunft: „wir haben drei Wochen Postrückstand, also rufen Sie in drei Wochen noch mal an". Der Nachsatz „wer quengelt, rutscht zwei Wochen nach hinten" blieb in der Regel unausgesprochen. So etwas geht in der Altenpflege natürlich nicht: „wir sind heute unterbesetzt, Sie können in drei Stunden auf die Toilette (wenn Sie nicht quengeln)" kommt in der Regel nicht so gut an und schafft darüber hinaus neue, ungut riechende Probleme. Und obwohl in keiner Branche ein fehlender Mitarbeiter ein Grund zum Feiern ist, werden erkrankte Mitarbeiter selten so mit dem Gefühl persönlichen Scheiterns konfrontiert, wie es in der Pflege Gang und Gebe ist. Das ganze System funktioniert eigentlich nur durch die Aufopferungsbereitschaft der Pflegekräfte, und wenn eine/r davon, zumindest vorübergehend, nicht mehr funktioniert, bedroht er das ganze System. Zu dem ohnehin vorhandenen schlechten Gewissen, dass man die Kollegen im Stich lässt, braucht es nur noch etwas sanften Druck von oben: „können Sie nicht wenigstens...?"; die schon am ersten Krankheitstag am Telefon gestellte Frage „und wann kommen Sie nun wieder zur Arbeit?"; die freundliche Empfehlung an eine Schwangere Mitarbeiterin, das nächste Mal doch bitte zu verhüten oder die Ankündigung eines ernsthaften Gesprächs nach der Krankheit erklären, warum viele Kollegen schon vor Ablauf der Arbeitsunfähigkeitsbescheinigung wieder zum Dienst kommen.

Die Verschwendungssucht

Wir kennen alle das Klagelied über die explodierenden Kosten im Gesundheitswesen. Ein nicht unerheblicher Teil dieser Kosten entfällt auf die Versorgung mit Medikamenten. Wir sind selbst auf verschiedene Medikamente angewiesen und sind froh, dass ein kluger Kopf diese entwickelt hat. Die Versorgung mit Medikamenten muss sein, ohne Wenn und Aber. Aber müssen die Kosten wirklich so hoch sein, wie sie sind?

Wir denken uns einen Bewohner, der in unserem Pflegeheim lebt. Sein Hausarzt hat ihm eine sogenannte Bedarfsverordnung (BVO) ausgestellt. Das heißt, dieses Medikament wird nicht dauerhaft gegeben, sondern nur bei Vorliegen von bestimmten, vom Arzt festgelegten Symptomen. In unserem Fall könnte diese BVO lauten: ab einer Körpertemperatur von 38,5° 1 Tablette Novaminsulfon 500 mg (oder jedes andere fiebersenkende Medikament, wir wollen ja keine Werbung machen). Wir sind verpflichtet, jedes verordnete Medikament jederzeit auch im Haus zu haben, und zwar für jeden Bewohner persönlich. Nachdem die Packung angebrochen wurde, gab es lange keine Veranlassung mehr, das Medikament zu verabreichen und die Verordnung wird abgesetzt. Nun ist es aber so, dass wir keine Medikamente für einen Bewohner bevorraten dürfen, die aktuell nicht verordnet sind. Also nimmt die fast volle Packung den Weg alles Irdischen. Zwei Wochen später bekommt der Bewohner Fieber, und es wird eine neue Packung Novaminsulfon verordnet. Kosten für 50

Stück: ca. 15,00 €. Machen Sie dieses Spielchen mal für 30 Bewohner im Monat, dann wissen Sie, warum die Kosten explodieren. Gleiches gilt natürlich auch für unglaublich teure Wundauflagen und -verbände. Was die Dinger kosten, möchten Sie sich nicht vorstellen. Bei einer Packung hochwertiger Wundauflagen, Inhalt 6 Stück, ist man schnell bei über 200 €. Ist ja nicht so schlimm, wenn vier davon im Müll landen.

Ein weiterer Schildbürger-Streich: die meisten Pflegeheime lassen die verordneten Medikamente für die Bewohner von ihrer Vertrags-Apotheke in die Wochendosetts einsortieren. Jedes Pflegeheim ist verpflichtet, mit einer Apotheke einen Kooperationsvertrag abzuschließen. An einem vereinbarten Wochentag kommen also zig Wochendosetts aus der Apotheke, befüllt mit den verordneten Tabletten. Gemäß aktueller Verordnung ist es den Apotheken untersagt, halbe Tabletten einzusortieren. Halbe Tabletten könnten Feuchtigkeit aus der Luft aufnehmen und die Hersteller übernehmen keine Garantie mehr für ihr Produkt. Leider hält die Kassenärztliche Vereinigung (KV) die niedergelassenen Ärzte aus Kostengründen dazu an, Tabletten in der doppelten Stärke zu verschreiben, um diese dann vor Ort, zeitnah vor dem Austeilen, zu halbieren. Eine Packung mit 100 Tabletten, die halbiert werden müssen, hält eben länger als eine Packung mit 100 ganz zu gebenden Tabletten. Ganz schön clever von der KV, oder? Nein, eigentlich nicht. Abgesehen von einem irrsinnigen Zeitaufwand für die Pflegekräfte und einer völlig unnötigen Fehlerquelle übersieht die KV noch einen Punkt: da auch wir im Pflegeheim keine halben Tabletten in dem geöffneten Originalblister aufheben dürfen, wandern Tag für Tag ungezählte halbe Tabletten in den Müll. Vielleicht wird auch klamm-heimlich damit kalkuliert, dass wir die halben Tabletten doch aufbewahren; den Anschiss bei der nächsten Prüfung bekommen ja dann wir.

Bringt ein umsichtiger Angehöriger tatsächlich einen aktuellen Medikamentenplan und alle benötigten Medikamente beim Einzug mit, bedeutet das für unsere Fachkräfte, dass sie die Tabletten so lange selbst stellen müssen, bis die Packungen aufgebraucht sind, denn die Apotheke bereitet nur Medikamente vor, die sie selbst verkauft hat, weil sie sonst nicht für die korrekte Lagerung und die Einhaltung der Kühlkette garantieren kann. Da nicht alle Packungen gleichzeitig leer sein werden, ist auch hier das Chaos vorprogrammiert. Die Apotheke stellt die eine Hälfte, die Pflegekräfte die andere Hälfte. Sollte ein vorbildlicher Hausarzt gleich nach dem Einzug Rezepte für die Medikamente an die Apotheke schicken, beginnt diese natürlich unverzüglich mit dem Stellen der Medikamente. In diesem Fall wandern die mitgebrachten Medikamente ebenfalls früher oder später in den Müll, denn an die Apotheke weiter- oder zurückgeben können wir sie ja nicht.

Eine Lanze für die stationäre Altenpflege

Bei allen Problemen gibt es aber auch einige Argumente, die Arbeit in einem Pflegeheim der ambulanten Pflege vorzuziehen.

Wir haben beide – wenn auch in unterschiedlichen Funktionen – schon einmal in der ambulanten Pflege gearbeitet. Viele Kollegen schwören darauf: innerhalb der Zeitkorridore einigermaßen selbstständig arbeiten zu können; sich nicht in einem Team arrangieren zu müssen; Fachkräfte, die sich nur um die Aufgaben von Fachkräften kümmern müssen. In der ambulanten Pflege ist es seit Langem üblich, dass die Fachkräfte Medikamente ausgeben, Insulin oder Heparin spritzen und Blutdruck, Blutzucker usw. kontrollieren; für den Einsatz beim Waschen, Essen reichen oder Spazierengehen sind sie viel zu teuer.

Für uns beide überwiegen die Nachteile aber deutlich: nach engem Zeitplan mit dem Auto (in meinem Fall mit dem Fahrrad) durch den Verkehr; Parkplatzsuche; kein Team, in dem man sich gegenseitig stärkt; häufig sogenannte geteilte Dienste (d.h., bis zum frühen Nachmittag und dann wieder ab dem frühen Abend; alte Menschen, die in den Stunden bis zum nächsten Besuch absolut sich selbst überlassen sind, komme, was da wolle; Menschen, die in normalen Betten gewaschen werden müssen, ohne dass sich diese auf eine rückenverträgliche Höhe fahren lassen; Rollstühle, die nur bei exaktem Einfahrtswinkel und mit der Zunge im Mundwinkel durch die

Badezimmertür passen; demenzkranke oder schwerhörige Menschen, die beim Klingeln die Tür nicht öffnen, usw. Dazu die zart schaumgebremsten Angehörigen, die einen nach einer viertel Stunde im Stau, bei zunehmendem Druck auf die eigene Blase, anblaffen, dass eigentlich acht Uhr vereinbart war und nicht acht vor halb neun.

An einem Sonntagmorgen, ich hatte schon eine komplette Nachtschicht hinter mir, radelte ich auf meinem Fahrrad durch Hamburg-Altona; um meine Haushaltskasse etwas aufzubessern, hatte ich einen Nebenjob bei einem ambulanten Pflegedienst angenommen. Es war der letzte Kunde in dieser Schicht. In dieser Ecke von Altona kannte ich mich überhaupt nicht aus und fuhr mindestens fünfmal in beide Richtungen über eine Autobahnbrücke. Ich konnte die verdammte Adresse einfach nicht finden, und am Sonntagmorgen war um diese Uhrzeit kein Mensch unterwegs, den ich fragen konnte. Nach etwa einer halben Stunde verschwitzt und total am Ende, traf ich endlich jemanden, der mir erklärte, dass ich schon fünfmal an der Adresse vorbeigefahren war.

Bei allen Gründen, sich über die stationäre Pflege zu beklagen – ambulante Pflege? Nee, danke.

Nach müde kommt blöd

Zur Abwechslung mal wieder was zum Lachen. Über sich selbst lachen zu können, ist eine schöne Sache und rettet einem manchmal den Hintern. Nach einem anstrengenden Spätdienst will ich noch schnell einkaufen. Ich bin noch in Schwung vom Joggen zur Bushaltestelle. Beim Supermarkt angekommen, stecke ich meinen Einkaufschip in den Einkaufswagen. Zwei junge Männer stehen neben mir und äußern freundlich „das wäre jetzt nicht nötig gewesen". Ich stelle fest, dass mein Einkaufswagen gar nicht mit einer Kette an den anderen Wagen befestigt war. So ein Mist, mein Chip! Ich habe nur den einen, und der steckt jetzt in dem Wagen fest. Ich versuche den Chip mit meinen superkurzen Fingernägeln dort wieder herauszubekommen. Natürlich vergeblich. Die beiden netten jungen Männer grinsen und halten mir das Ende der nächsten Kette entgegen, sodass ich voller Stolz meinen Chip wieder aus dem Wagen nehmen kann. Ich strahle meinen Einkaufschip an wie Gollum den Einen Ring: „mein Schaaatz!". Und jetzt? Und wieder lächeln mich die beiden jungen Männer an und ich überlege krampfhaft, warum die so blöd grinsen. Einer äußert: „und jetzt wird es kompliziert". Und mir fällt ein, dass ich ja eigentlich einen Grund hatte, hier aufzuschlagen. Ich wollte ja einkaufen! Wir lachen Tränen, ich stecke den Chip wieder in den Wagen, gehe einkaufen.

An unserer Bushaltestelle sind die Sitzbänke entfernt worden, vermutlich muss das Holz bearbeitet werden. Ein

Hinweisschild für die Fahrgäste wird nicht aufgestellt, das ist bei Tageslicht auch nicht nötig. Leider ist gerade die dunkle Jahreszeit und die Haltestelle nicht beleuchtet. Eine Kollegin geht nach dem Spätdienst erschöpft zur Haltestelle und lässt sich nach hinten sinken, froh, gleich sitzen zu können. Gleich danach sitzt sie tatsächlich; auf dem Fußboden.

Vor vielen Jahren, als ich sowas noch konnte, habe ich viel Nachtdienst gemacht. Natürlich bekommt man auch nachts Hunger und ich nehme eine Tiefkühlpizza mit. Zur Pause, so etwa gegen Mitternacht, schiebe ich mir also meine Lieblingspizza in den Ofen, drehe die Temperatur hoch und freue mich auf das Essen. Es riecht etwas merkwürdig, je stärker, desto länger die Pizza drin ist. Mir kommt ein furchtbarer Gedanke; meine Pizza! Ich renne zum Ofen, reiße ihn auf und tatsächlich: der Spätdienst hat ein Metallgitter mit frisch ausgewaschenen Medikamentenbechern bei kleiner Stufe im Ofen getrocknet. Ist zwar verboten, haben wir aber alle schon mal gemacht. Leider haben die Kollegen vergessen, das Gitter wieder herauszunehmen, und das Plastik der geschmolzenen Becher ist wie bunter Tropfstein auf meine Pizza getröpfelt. Also heute Nacht Sondenkost aus dem Keller. Meine schöne Pizza!

Apropos Nachtdienst ...

Geschichten aus dem Nachtdienst
oder
Die Helden der Nacht

Wer Nachtdienst macht, der kann was erzählen. Auch im Nachtdienst gibt es – heute weniger als früher – Zeiten, in denen es ruhig ist und natürlich steht auch dem Nachtdienst eine Pause zu. Wenn man nicht gerade geschmolzene Medikamentenbecher aus dem Backofen kratzt, kann man z. B. etwas fernsehen. Aber das ist nicht immer eine gute Idee. Einmal läuft nachts eine Wiederholung von „Aktenzeichen XY"; der Betreiber eines Imbisswagens war in seinem Wagen ermordet worden. Ich habe die ganze Nacht ein mulmiges Gefühl, als wenn jemand im Haus herumschleicht. Genauso schön ist der dritte Teil von „Der Exorzist". Ein Teil spielt in einem Krankenhaus, in dem der böse Geist nachts Besitz von den Patienten ergreift. In einer Szene verlässt die Nachtschwester ein Patientenzimmer. Im nächsten Bild folgt ihr eine in ein Bettlaken gehüllte Gestalt, eine offene Heckenschere in den Händen. Den Rest der Nacht bin rückwärts durch die Flure gegangen. Ich bin ja kein Feigling, aber sicher ist sicher ...

In einer anderen Nacht verlässt ein orientierungsloser Bewohner eines anderen Wohnbereichs unbemerkt das Haus und steht plötzlich regungslos vor dem Küchenfenster des Wohnbereichs, in dem ich Nachtdienst habe. Aber der Kaffee, den ich vor Schreck verschütte, ist schnell aufgewischt.

In einem Haus, in dem ich Nachtdienst habe, gehen die Flure zu den Bewohnerzimmern sternförmig vom

Tagesraum ab. Wir pflegen überwiegend Bewohner im Wachkoma, die auf keinen Fall selbstständig das Bett verlassen können. Nur wenige sind so weit genesen, dass sie sich selbst fortbewegen können. Ich drehe nachts so meine Runden, verwechsele aber einmal zwei Flure. Ich wähne mich in einem Flur mit Bewohnern, die nicht aufstehen können, tatsächlich bin ich aber schon einen Flur weiter. Plötzlich steht eine Bewohnerin vor mir, die gerade von der Toilette zurückkommt. Natürlich bleibe ich ganz cool, und gleich, nachdem sie wieder im Bett liegt, wechsele ich meine Unterhosen.

Warum eigentlich „Helden der Nacht"?

Heutzutage ziehen überwiegend schwer Pflegebedürftige in die Pflegeheime. Dies ist politisch auch so gewollt und wird durch das bereits erwähnte PSG II gefördert, das finanzielle Anreize für die ambulante Versorgung setzt. So weit, so gut. Viele dieser Menschen haben über eine sogenannte „Eileinstufung" einen vorläufigen Pflegegrad, der dem tatsächlichen Pflegeaufwand nicht ansatzweise gerecht wird. Die tatsächliche Einstufung lässt manchmal monatelang auf sich warten, und so lange bekommt das Pflegeheim auch nur das Geld für den niedrigeren Pflegegrad. Dennoch findet man hauptsächlich schwer kranke, schwer pflegebedürftige Menschen in den Pflegeheimen. Sie sind zum Teil schwerst dement, sturzgefährdet, mangelernährt, inkontinent, haben starke Schmerzen oder müssen alle zwei Stunden im Bett gelagert werden, damit sie sich nicht wund liegen. Es müssen Getränke, Spät- und Nachtmahlzeiten und Nachtmedikamente verteilt und angereicht werden. Vorlagen und Windeln müssen gewechselt, Betten frisch bezogen werden (falls es zum Vorlagenwechsel schon zu spät war oder der Bewohner die Vorlage lieber als Kopfkissen benutzt hat oder die Vorlage ordentlich bei Seite zieht, weil er ja nicht in die Hose machen will). Gestürzte Bewohner müssen aufgehoben werden und auch nachts ist nicht selten ein Rettungswagen erforderlich. Der Personalschlüssel für den Nachtdienst ist 1:40. D.h., eine Pflegekraft versorgt 40 Bewohner, inclusive Führen der Pflegedokumentation. Häufig ist nur eine Pflege_fach_kraft im Dienst, die dann bei Notfällen ihren eigenen Bereich verlassen muss, um Hilfe zu leisten und ggf. die Einweisung ins Krankenhaus zu organisieren. Das Ganze wird noch aufgepeppt durch nicht vorhandenes Inkontinenzmaterial, nicht vorhandene Joghurts für die Spätmahlzeiten und Gemecker vom Frühdienst, weil gestern Morgen das eine oder andere Bett nass war. Gern wird vergessen, dass die schweren Bewohner, die tagsüber zu zweit versorgt werden, nachts in der Regel allein versorgt werden müssen. Meldet sich ein Mitarbeiter vom kommenden Frühdienst in der Nacht krank, wird manchmal stillschweigend erwartet, dass der ein oder andere Bewohner vom Nachtdienst gewaschen wird. Das ist zwar verboten, aber machen wir uns doch nichts vor. Angesichts dieser Situation ist es nicht verwunderlich, dass die Bewohner möglichst vor Beginn des Nachtdienstes zu Bett gebracht werden, egal wie spät (oder früh) am Abend es ist.

Diese Probleme sind jedoch struktureller Natur, und jeder Vorwurf an die Pflegekräfte wäre völlig fehl am Platze.

Pflegen – kann das jeder?

Bestimmt erinnern Sie sich an die sogenannten „Schleckerfrauen". Nach der Firmenpleite des Schleckerkonzerns gab es ernsthaft Politiker, die den arbeitslos gewordenen Verkäuferinnen nahelegten, sie könnten doch in die Altenpflege wechseln; schließlich würden sie auch zu Hause einen Haushalt führen und die meisten hätten auch Kinder großgezogen. Ohne die Lebensleistung dieser Frauen geringschätzen zu wollen: dieser „Vorschlag" zeigt deutlicher als alle offiziellen Äußerungen, welches Bild die Politik, und, wie ich fürchte, auch die Gesellschaft von der Altenpflege wirklich hat. Die Annahme, dass eigentlich jeder diesen Beruf ausüben kann, lässt nicht nur tief blicken, es geht komplett an der Wirklichkeit vorbei. Sechs, setzen! Wir bekommen, wie bereits mehrfach erwähnt, mehr und mehr sterbenskranke Menschen in die stationäre Pflege, und damit steigt auch kontinuierlich der Bedarf an medizinischem Wissen; allein das Lesen von Arztberichten bringt selbst gestandene Fachkräfte regelmäßig ins Schwitzen und in diesem Zusammenhang: besten Dank an Dr. Google. Die Komplexität der Pflegedokumentation haben wir ja schon in unserem ersten Buch beschrieben. Die Anforderungen bei der Kommunikationstechnik steigen ebenfalls beständig. Aber klar, schickt uns eure Hausfrauen, LKW-Fahrer und gelernte Einzelhandelskauffrauen. Bauarbeiter; und Menschen, die mal eine demente Oma hatten, sind auch stets willkommen. Wollt Ihr uns verarschen??? Wie gesagt, wir haben vor der Lebensleistung jedes einzelnen den größten Respekt und würden in deren Jobs gnadenlos scheitern (ich besitze nicht mal einen Führerschein, hat sich nie ergeben). Aber all diese Menschen ohne Weiteres in die Altenpflege stecken zu wollen, zeigt doch, was Politik wirklich von uns hält. Wenn auch die medizinische Versorgung Aufgabe der Fachkräfte ist, braucht es doch Pflegehelfer, die zu einer Krankenbeobachtung fähig sind, denn die Fachkraft kann nicht überall sein und ist auf die Beobachtungen der Pflegehelfer angewiesen. Ahnungslosigkeit kann Leben kosten, unter Umständen das Ihres Angehörigen.

Und genau, wie manche Menschen einen grünen, andere aber einen braunen Daumen im Umgang mit Pflanzen haben, haben einige Pflegekräfte (auch Pflegefachkräfte) ein Gespür für eine zufriedenstellende Rund-um-Pflege, indem sie z. B. vor Verlassen des Bewohnerzimmers den sogenannten „Rundumblick" durch das Zimmer schweifen lassen und noch einmal prüfen, ob der Bewohner die Klingel erreichen kann, ob noch benutztes Waschmaterial herumliegt oder eine benutzte Windel, schaffen andere dies auch nach vielen Jahren im Job nicht. Manchmal betritt die nachfolgende Schicht Zimmer, die aussehen, als wären gerade die Komantschen hindurchgeritten. Ehrlich gesagt arbeitet man manchmal lieber MIT einem bestimmten Kollegen als NACH ihm. Und es ist geradezu abenteuerlich, wie manche Pflegebedürftige im Bett gelagert werden: Beine nach links, Oberkörper nach rechts, wie ein Fragezeichen. In Rückenlage ein Kissen unter die Fersen, aber keines unter die Knie, sodass diese schmerzhaft durchhängen. Essen anreichen, während der Bewohner flach auf dem Rücken oder auf der Seite liegt, sodass er sich entweder verschluckt oder das Essen seitlich wieder aus dem Mund läuft.

Um es deutlich zu sagen:

Pflegen kann NICHT jeder.

Der brennende Geduldsfaden

Jetzt zu unserem Untertitel. Wenn der Geduldsfaden zur brennenden Lunte wird. Was soll das nun wieder heißen? Es ist einfach so, dass selbst die schönste Aufgabe nach 30 Jahren nicht mehr viel Neues zu bieten hat. Irgendwann hat man alles schon einmal erlebt. Was bleibt, ist der Stress, gerade, wenn man belastende Situationen wieder und wieder erlebt: eine Krankenhauseinweisung kurz vor Feierabend; ein sterbender Bewohner, der nicht loslassen kann; ein an Demenz erkrankter Bewohner, der ohne Pause stundenlang lautstark, aber tonlos ruft: „Mörder!". „Arschloch", „Bares für Rares (lief gerade im Fernsehen)!" usw. Kollegen, die Tag für Tag wieder vergessen, die benutzten Medikamentenbecher zum Spülen in die Küche zu geben, so man im Spätdienst keine hat. Zwei demenzkranke Bewohnerinnen, die in einem Doppelzimmer wohnen und sich so lange streiten, bis die eine der anderen ein Glas Wasser über den Kopf gießt.

Irgendwann ist man einfach nur noch genervt von all dem. Dazu kommt ein Gefühl von Verantwortung, das man, wenn man seinen Job ernst nimmt, nicht bei Feierabend an der Tür ablegen kann. Wie viele Abende haben wir nach einem Spätdienst bis in die späte Nacht auf dem Sofa gegrübelt, ob wir alles korrekt erledigt haben, ob die fremdsprachige Nachtwache alles Wichtige verstanden hat; und wie vielen Kollegen geht es genauso?! Denken wir uns den Frust hinzu, dass gewisse

Strukturen im Betrieb diesen Frust noch verstärken und man sie einfach nicht ändern kann, erklärt sich der Untertitel eigentlich von selbst. Es ist tatsächlich so, dass wir beide das Gefühl haben, dem Job nichts mehr geben zu können. Es wird Zeit, dass jüngere und belastbarere Kollegen übernehmen. Wir haben unser Kapitel geschrieben.

PS: immer, wenn man glaubt, man hätte alles gesehen und alles gesagt; heute ist etwas Lustiges passiert. Wir haben vor einiger Zeit einen neuen Bewohner aufgenommen. Er ist an einer Demenz erkrankt und verhält sich dementsprechend oft nicht so, wie es ein gesunder Mensch tut. Er wird gegenüber den weiblichen Pflegekräften sexuell übergriffig; natürlich macht ihm niemand einen persönlichen Vorwurf, er ist krank und nicht verantwortlich für das, was er tut. Obwohl die Kolleginnen professionell mit der Situation umgehen, belastet sie das alles natürlich. Da wir ja Pflegeberichte schreiben müssen, die das tägliche Leben, Erleben und Verhalten wiedergeben, werden diese Übergriffe natürlich dokumentiert. Schließlich sind es ja keine Zeugnisse, Beurteilungen oder Fantasie-Berichte. Wir bewerten nicht, wir berichten; daher der Name „Pflegebericht". Als bewusster Bewohner in den korrekten Pflegegrad eingestuft werden sollte, waren es nicht zuletzt diese Übergriffe, die zur benötigten Punktzahl beigetragen haben. Die Tochter zeigte sich jedoch empört, dass dies alles verschriftet worden war. Etwa eine Woche danach setzt die zuständige Wohnbereichsleitung ein Team-Gespräch an. Thema: derartige Einträge haben zu unterbleiben, so etwas will er nicht in den Berichten lesen. Da das Thema etwas heikel ist, hatte ich die Pflegeplanung dazu selbst geschrieben. Zudem gibt es eine offizielle Empfehlung unserer zuständigen Berufsgenossenschaft, dieses Thema auf jeden Fall ernst zu nehmen, es aufzugreifen und transparent zu machen.

Ich und Du, Müllers Kuh

Im letzten Sommer haben wir meine Mutter besucht; nach einem späten Frühstück saßen wir zusammen im Garten und klönten über dieses und jenes. Sie erzählte von einer Unterhaltung mit einer alten Freundin, die selbst in einem Heim lebt, und wir kamen auf das Thema „Du" und „Sie" in der Altenpflege.

Zugegeben, so ganz passt die Überschrift nicht, aber als wir das folgende Kapitel besprochen haben, kam uns beiden spontan dieser alte Kinderreim in den Sinn. Falls Sie – in welcher Funktion auch immer – schon einmal mit der Altenpflege zu tun hatten, ist Ihnen vielleicht auch schon einmal aufgefallen, dass Bewohner manchmal von den Pflegekräften geduzt werden. Vielleicht haben Sie sich gefragt, was Sie davon halten sollen. Darf man das, soll man das? Die Antwort ist klar: Jain. Manche sagen, das „Du" zeuge von mangelndem Respekt. Andere sagen, das „Sie" schaffe schädliche Distanz.

Im Unterschied zur Pflege im Krankenhaus, die per se auf kurze Verweildauer angelegt ist, pflegen wir unsere Bewohner teilweise über Jahre. Zwangsweise dringen wir bei der Pflege immer wieder in die intimsten Bereiche der Bewohner ein, sei es der Intimbereich oder der Mundbereich. Wer noch nie Pflege brauchte oder nicht speziell darauf geschult ist, kann sich gar nicht vorstellen, wie intim, empfindlich und persönlich dieser Bereich ist. Stellen Sie sich vor, ein wildfremder Mensch greift ungefragt in Ihren Mund, um Zahnprothesen einzusetzen oder herauszunehmen oder schiebt Ihnen einen Löffel mit etwas in Mund, von dem Sie nicht wissen, was es ist, während Sie sich kaum dagegen wehren können. Bei dieser Langzeitpflege entsteht also optimalerweise eine persönliche Beziehung, bei der erzwungene Distanz schlechtestenfalls sogar schädlich sein kann.

Eine besondere Konstellation entsteht bei Bewohnern mit einer Demenz. Je weiter die Demenz fortschreitet, desto mehr Fakten eines gelebten Lebens gehen dem Erkrankten verloren. Übrig bleiben die emotionalen Erfahrungen, die mit dem Erlebten verbunden sind. Geborgenheit, Stärke, Schwäche, Heimweh, Kummer und Gebracht-werden, Schmerzen, Freude und Stolz, all das bleibt erhalten, kann aber nicht mehr sinnvoll mit konkreten Ereignissen in Verbindung gebracht werden. Wenn nun Lieschen, geborene Müller, vergisst, dass sie seit ihrer Hochzeit Meyer heißt, wird das Ganze nicht einfacher. Auf die Ansprache „Frau Meyer" kann und wird sie nicht mehr reagieren. Ist es da respektlos, sie mit „Lieschen" anzusprechen?! Als Frischling in der Pflege habe ich einmal in meiner grenzenlosen Naivität und Ahnungslosigkeit eine Bewohnerin, die mich mit ihren zarten 97 Jahren seit Stunden mit lautem Rufen nach ihrer Mama in den Irrsinn trieb, gefragt, ob man denn mit 97 noch eine Mama hat. Sie sah mich aufrichtig empört an und meinte: „ja, gerade mit 97!" Ich lehne mich mal aus dem Fenster und behaupte, dass die alte Dame sich weniger Gedanken über „Du" oder „Sie" gemacht hat, sondern nach dem Gefühl von Geborgenheit gesucht hat, das sie mit ihrer Mutter verbunden hat.

Die Entscheidung zwischen „Du" und „Sie" muss also immer abhängig von der Situation und dem Menschen getroffen werden, mit dem man es zu tun hat. Kürzlich eröffnete uns eine alte Dame, dass sie sehr eifersüchtig sei, weil ihre Zimmernachbarin auf eigenen Wunsch geduzt wird; sie hatte das Gefühl, dass sie selbst weniger beliebt sei, weil sie gesiezt wird.

Fachlicher Konsens ist, dass Bewohner grundsätzlich gesiezt werden, Ausnahmen werden schriftlich in der Pflegedokumentation festgehalten und begründet. Wenn Sie also einmal Zeuge werden, wie ein Bewohner geduzt wird, zürnen Sie uns nicht zu schnell.

Dement – und jetzt?

Jemand hat beim Thema Demenz einmal das Leben mit einem Bücherregal verglichen; mit jedem Ereignis und Erlebnis kommt ein weiteres Buch hinzu. Erkrankt ein Mensch an Demenz, beginnen die Bücher von dem Regal herunterzufallen, aber nicht in einer Reihe. Hin und wieder bleibt eines stehen, von einem anderen bleibt nur der Umschlag im Regal liegen. Bei einer fortgeschrittenen Demenz weiß man nie, welches Buch der Erkrankte gerade in der Hand halten mag. Irgendwann gehen dann auch die Fähigkeiten verloren, die man braucht, um den Alltag zu meistern. Das Zeitgefühl verschwindet, die Nacht wird zum Tag und der Tag zur Nacht. Die Medizin kann hier nur sehr begrenzt helfen, jedenfalls solange, bis eine Heilung gefunden ist. Weder das Erleben des Erkrankten noch sein Verhalten sind noch irgendwie normal. Und jetzt kommt das Problem: der Erkrankte sieht sich täglich mit dem Anspruch konfrontiert, sich „normal" zu verhalten. Aber so sehr er sich auch bemüht, er kann es nicht. So besteht sein Alltag schnell daraus, ständig mit seinem eigenen Scheitern konfrontiert zu sein. Jahrzehnte lang war der Anspruch an eine „gute" Pflege, dass die Bewohner ihren Angehörigen beim Sonntagsbesuch kein auffälliges Verhalten zeigten und der Chef beim Kontrollgang saubere Kleidung an den Bewohnern und Ordnung auf den Wohnbereichen vorfand. Da viele Demenzkranke sich über ihr inneres Wohlbefinden nicht mehr äußern können, setzte man voraus, dass ein so gepflegter Mensch doch bitte schön zufrieden zu sein hat. Aber leider geht das an der Realität der Demenzkranken so weit vorbei wie der Dartpfeil eines Volltrunkenen an einer Dartscheibe. Bei jedem Kontakt mit einem anderen Menschen werden irgendwelche Ansprüche an ihn gestellt; „wir müssen Sie jetzt waschen", „Sie müssen auf die Toilette", „es gibt gleich Essen, gehen Sie in den Tagesraum" usw. Was nicht geschieht, sind Begegnungen ohne Hintergedanken. Ein freundliches „Guten Tag", „wie geht es Ihnen?" oder Ähnliches – Fehlanzeige. Mit jeder Fehlhandlung („nein, erst das Gesicht waschen und dann den Po", „wie oft muss ich Ihnen den Tagesraum noch zeigen?", „jetzt haben Sie gekleckert und ich muss Sie schon wieder umziehen" usw.) bei dem Versuch, diese Aufgaben zu erfüllen, wächst der Frust beim Erkrankten und was tut man in Situationen, denen man sich nicht gewachsen fühlt? Richtig, man versucht sie zu vermeiden. Die Pflegekräfte ihrerseits sind mit schon beschriebenen Ansprüchen belastet. Ein schmutziges Hemd, ein nicht gewaschener Bewohner werden als persönliches Versagen empfunden und ziehen in der Regel Kritik von Angehörigen und Chef nach sich. Und wenn der Bewohner eine Pflegemaßnahme ablehnt, um ein erneutes Erleben seines eigenen Unvermögens zu vermeiden, ist der Konflikt vorprogrammiert. Erst in den letzten Jahren setzt sich ein Ansatz durch, der das Wohlbefinden der Bewohner in den Mittelpunkt stellt, obwohl es schon lange Konzepte dazu gibt. Aber was sind die in der Praxis wert, wenn das schmutzige Hemd weiterhin Hauptthema bleibt?! Die Lösung liegt im sogenannten „Person-zentrierten Ansatz". Hierbei steht der Mensch mit seiner Einzigartigkeit und seinem Bedürfnis nach Wohlbefinden, sozialer Teilhabe und Selbstbestimmung im Mittelpunkt. Person-sein ist ein Status, der dem einzelnen Menschen im Kontext von Beziehung und sozialem Sein verliehen wird (Tom Kitwood). Person-sein bedeutet, dass Würde und Wert eines Menschen nicht von kognitiven Möglichkeiten, funktionalen Handlungen und Leistungsfähigkeit abhängen, sondern von Beziehungsgestaltung. Ziel der Pflege wird damit, das Person-sein des Menschen mit Demenz anzuerkennen, zu erhalten und zu fördern.

Manchmal scheinen die Umstände drastische Maßnahmen zu erfordern. Das letzte Mittel sind sogenannte „Freiheitsentziehende Maßnahmen" (FEM). Jeder Mensch hat das Recht, sich frei zu bewegen und dorthin zu gehen, wo er es will, solange er dabei nicht die Rechte anderer verletzt. Ebenso hat jeder Mensch das Recht, eine medizinische Behandlung anzunehmen oder – auch zum eigenen Schaden – abzulehnen. Was macht man aber, wenn ein Demenzkranker sich einfach durch die Krankheit ständig in Lebensgefahr begibt, indem er z. B. zum wiederholten Mal auf die Autobahn läuft? Was macht man, wenn ein Erkrankter, seine körperlichen Grenzen nicht mehr erkennend, immer wieder allein aufsteht und sich bei den zwingend folgenden Stürzen schon ernsthaft verletzt hat? Das Recht auf Bewegungsfreiheit gilt für JEDEN Menschen. Also einfach zusehen? Es gibt einige wenige legale Möglichkeiten, die Bewegungsfreiheit einzuschränken. Diejenigen, die unser erstes Buch gelesen haben, erinnern sich vielleicht an die katastrophalen Geschichten aus dem geschlossenen Wohnbereich. Aber lassen wir die Fachsimpelei; ein paar Geschichten, die das Leben schrieb:

Eine alte Dame, sie wurde 105 Jahre alt (wir haben immer gesagt „Bosheit konserviert"). Sie konnte nicht mehr aufstehen, wurde aber täglich in einen sogenannten Cosy-Chair mobilisiert; das ist ein Bett-ähnlicher Liegestuhl mit Rädern, der es auch immobilen Bewohnern erlaubt, am sozialen Leben teilzunehmen. Sie hatte erstaunlich kräftige Finger und allzu gern verirrten sich Hautfalten oder Brustwarzen der Pflegekräfte zwischen diese Finger. Während sie mit beiden Händen auf die Pflegekräfte eindrosch, pflegte sie ein markerschütterndes „Herr Doktor, der schlägt mich" zu schreien. Da sie recht schlank war, erhielt sie täglich einen selbst hergestellten Milch-Shake mit viel Kalorien. Ein Kollege reichte ihr freundlich den Becher und drehte sich von ihr weg. Zack, hatte sie ihm den Becher an den Kopf geworfen und er durfte sich erst mal umziehen.

Besagter geschlossener Wohnbereich. Ein alter Herr wohnte dort, obwohl die Voraussetzungen für eine geschlossene Unterbringung eigentlich nicht mehr vorlagen, denn er war in allen Gelenken so steif wie die Haltung eines englischen Butlers. Das Amtsgericht erlaubte aber dennoch seinen Verbleib, weil er sich nicht noch einmal umgewöhnen sollte. Seine Angetraute kam täglich zu Besuch und schob ihn im Rollstuhl in den Gartenbereich. Eines Tages bat sie mich, ihm eine Jacke anzuziehen, weil es recht frisch war. Wegen seiner steifen Gelenke dauerte das fast 10 Minuten und kostete mich etliche Tropfen Schweiß und gefühlte 5 Jahre meines Lebens, zumal die Dame das Ganze argwöhnisch beobachtete. Sie wartete, bis ich den Kraftakt beendet hatte, um mir erst dann zu eröffnen: „übrigens, bei der Hintertür liegt ein Bewohner, der gestürzt ist". Sie nutzte die

Phase meiner Fassungslosigkeit, um schnell mit ihrem Mann in den Garten zu entschwinden. Zum Glück hatte sich der gestürzte Bewohner nicht verletzt.

Eine Geschichte zum Thema FEM: ein Bewohner hatte einen richterlichen Beschluss, im Bett mit Gurten um Bauch, eine Hand und dem gegenüberliegenden Fußgelenk fixiert zu werden (Drei-Punkt-Fixierung). Auch in seinem Stuhl durfte er mit einem Bauchgurt fixiert werden. Er saß für gewöhnlich in einem schweren, aber bequemen Sessel, den kein normaler Mensch ohne Weiteres hätte anheben können. Er schaffte es trotzdem. Also klebte unser Hausmeister einen Sandsack unter den Stuhl. Trotzdem bewältigte er mit dem Sessel erstaunliche Entfernungen. Eines Abends mussten wir ihn beim Zu-Bett-gehen wieder fixieren. Man glaubt gar nicht, was diese Tätigkeit bei einem seelisch gesunden Menschen für ein Unbehagen auslöst. Trotzdem haben wir es nach bestem Wissen und Gewissen erledigt; nicht zu fest, aber auch nicht zu locker. Eine halbe Stunde später hatten wir Übergabe mit dem Nachtdienst, als wir plötzlich ein Geräusch hörten. Als wir den Gang hinunterschauten, trauten wir unseren Augen nicht: bewusster Bewohner stand mitten auf dem Flur und fragte, wo es zum Hauptbahnhof ginge. Houdini lässt grüßen.

Eine andere Bewohnerin, auch sie erreichte das stolze Alter von 105 Jahren. Sie konnte sich verbal nicht mehr wirklich ausdrücken. Was sie zu jeder passenden – und unpassenden – Gelegenheit sagen konnte, war „Aua, aua, ja" und „Aua, aua, nee". Ihre Lieblingsbeschäftigung war es, ihr Lätzchen (fachlich korrekte Bezeichnung „Wäscheschutz") akkurat bis zum Kinn aufzurollen und sich dann zu freuen wie ein Stint. Die

Wäsche hat das Teil danach natürlich nicht mehr geschützt. Leider litt die Dame, die sehr liebenswert war, unter beständigem Durchfall. Es war tägliche Routine, sie unter ständigem „Aua, aua Nee" und „Aua, aua, ja" aus den analen Ergüssen zu befreien. Eines Tages verordnete ihr Hausarzt sogenannte Analtampons. Das sind kleine, trichterförmige Tampons, die, in den Anus eingeführt, ungewollten Stuhlabgang verhindern sollen. Schon in der Packungsbeilage stand, man solle darauf achten, dass jeder eingeführte Tampon mit Sicherheit wieder entfernt wird, bevor der nächste eingeführt wird. Also haben wir, d. h., unsere Schicht, ein „Tampon-Protokoll" erstellt und in die Akte gelegt. Es dauerte genau einen Tag, bis der erste Analtampon verschwunden war; er wurde lt. Liste eingeführt, aber nicht wieder entfernt. Er ist auch nie wieder aufgetaucht. Wir haben nie wieder ein Anal-Tampon benutzt.

Ein neuer Bewohner, nennen wir ihn Alwin. Er zieht bei uns ein mit einem Dauerkatheter. Da diese Schläuche, wahlweise aus Latex oder Silikon, direkt durch die Harnröhre führen, reizt er die Harnröhre gern und verursacht das Gefühl von Harndrang. Unser neuer Bewohner hat eine noch moderate Demenz, kann sich aber noch unterhalten. Am ersten Tag soll es Mittagessen geben, Alwin sitzt recht vergnügt in seinem Rollstuhl. Mehrfach äußert er, er müsse Pische machen. Er wird informiert, dass er einen Katheter hat und nicht auf der Toilette pinkeln muss. Alwin gibt zu verstehen, dass er das jetzt verstanden habe. Die Pflegekraft atmet auf, strahlt ihn an und sagt: „Dann können wir jetzt essen, ja?". Alwin: „Ja, aber erst muss ich Pische machen".

Zu jedem Pflegebett gehört eine Klingel, mit der die Bewohner eine Pflegekraft rufen können. Meine Frau bringt Alwin zur Mittagsruhe zu Bett und erklärt ihm – mit Rücksicht auf seine Demenz – zum wiederholten Mal die Funktion der Klingel. Kaum aus der Tür, klingelt Alwin. Sie geht zurück und fragt, was Alwin denn wolle. „Gar nichts, Danke". Sie verlässt das Zimmer wieder. Diesmal dauert es bis zur nächsten Flur-Ecke, bis Alwin wieder klingelt. Sie geht zurück und Alwin will wieder nichts. Sie erklärt ihm freundlich, dass diese Klingel nur für Notfälle da ist. Trockene Reaktion von Alwin: „Na, denn kannst das Ding auch wegnehmen". Wir hatten unseren Alwin alle sehr gern.

Die folgenden Geschichten hat uns eine Freundin zukommen lassen: In einem zweistöckigen Pflegeheim, in dem auch ich einmal gearbeitet habe, war ihr Wohnbereich im ersten Stock. Als sie durchs Treppenhaus nach oben ging, krachte kurz vor ihr ein sogenanntes Delta-Rad auf die Treppe. Delta-Räder waren die Vorläufer der heute üblichen Rollatoren; anders als diese hatte ein Delta-Rad nur drei Räder, eines vorn und hinten zwei. Zu Tode erschrocken sprang sie zurück und schaute nach oben, wo das fliegende Delta-Rad wohl hergekommen sein könnte. Am oberen Treppenabsatz kroch eine Bewohnerin, die in etwa 1,50 groß war, rückwärts die Treppe runter. Bei einem klärenden Gespräch meinte die alte Dame, sie wollte zu ihren Kindern gehen und käme anders nicht die Treppe hinunter. Anscheinend verstand sie, dass so eine fliegende Gehhilfe durchaus gefährlich sein kann. Sie versprach, das in Zukunft zu lassen. Das Versprechen hielt etwa eine Stunde, dann polterte es wieder auf der Treppe. Als die Kollegin dazukam, war die alte Dame, wieder rückwärts die Treppe herunterkriechend, schon ein Stück weiter als das erste Mal. Das Ganze wiederholte sich noch zwei oder drei Mal, dann war Ruhe. Irgendwann kam ihr die Ruhe seltsam vor und sie ging nachschauen. Oben stand die Bewohnerin und hielt sich mit der linken Hand am Treppengeländer fest. Das zusammengeklappte Hilfsmittel in ihrer rechten schwang vor und zurück, damit sie genug Schwung für einen neuen Wurf bekam. Sie konnte gerade noch davon abgehalten werden. Ob sie es jemals zu den Olympischen Spielen geschafft hat, ist nicht überliefert.

GLEICHES HEIM, EINE ANDERE

Geschichte: ein alter Herr mit schulterlangem grauem Haar, dem Vernehmen nach ein Künstler in seinen jüngeren Jahren. Er ist weder verwirrt noch dement. Er bewohnt ein Einzelzimmer. Eines Tages um die Mittagszeit betritt er im Bademantel den Flur. Als er an drei alten Damen vorbeikommt, die auf dem Flur sitzen, wirft er mit theatralischer Geste den Bademantel von sich, wie einst Cäsar seine Toga.

    Er ist darunter vollständig nackt. Die drei Damen kreischen auf und schlagen die Hände vor die Augen; nur eine ist geistesgegenwärtig genug, die Finger soweit zu spreizen, dass sie bequem die ganze Pracht im Blick behält, während sie total entsetzt auf das Corpus Delicti zeigt und schreit: „Da! Da!"

    Vermutlich hatten die drei noch für einige Tage Gesprächsstoff.

Das Prinzip Alibi
oder
Papier ist geduldig

Die Ansprüche und Auflagen, die in einem Pflegeheim erfüllt werden müssen, damit man bei der nächsten Prüfung nicht schlecht bewertet wird, sprengen jeden Rahmen. Jedes Jahr müssen zig Fortbildungen nachgewiesen werden; Hygienelisten müssen täglich geführt werden (obwohl man auch davon ausgehen könnte, dass ein sauberes Gerät offensichtlich wohl gereinigt wurde, auch ohne Unterschrift); bis vor kurzem musste täglich abgezeichnet werden, dass ein Bewohner entsprechend einem individuellen „Pflegeablaufplan" versorgt wurde (den außer dem MDK, der Heimaufsicht, der Pflegedienstleitung und dem Qualitätsbeauftragten nie ein Mensch gelesen hat); die Fachzeitschrift, bei der jeder Mitarbeiter per Unterschrift bestätigen muss, dass er sie gelesen hat (ob er sie jemals aufgeschlagen hat oder nicht); die tägliche Temperaturkontrolle am Medikamentenkühlschrank; die sogenannten „Pflegeleitlinien", in denen allgemeine Verhaltens- und Verfahrensregeln beschrieben sind, und die angeblicher jeder Mitarbeiter nicht nur gelesen, sondern auch verstanden hat (was er natürlich durch Unterschrift bestätigt).

Diese verfluchte deutsche Papiergläubigkeit! Als wenn ein Schwindel, wenn er einmal schriftlich festgehalten wird, weniger geschwindelt wäre. Oder als wenn ein gutes Ergebnis nicht von guter Arbeit zeugen würde, auch wenn in der Akte eine Unterschrift fehlt. Wenn ein Tisch nach dem Mittagessen sauber ist, dann wurde er offensichtlich gereinigt, auch wenn die Hygieneliste nicht abgezeichnet ist. Andersherum wurde ein Tisch, der vor Essensresten klebt, offensichtlich nicht gereinigt, auch wenn die Hygieneliste etwas anderes behauptet. Ich habe einmal von einer MDK-Prüfung gehört, irgendwann in grauer Vorzeit dieser Prüfungen. Das Verhältnis zwischen MDK und Pflegenden war damals unterirdisch In einem mir bekannten Heim war eine alte Dame im Zustand völliger Unterernährung eingezogen. Den Kollegen gelang es schnell, einen normalen Ernährungszustand herzustellen. Leider hatten sie sich mehr auf das leibliche Wohl der Dame konzentriert als auf die Pflegedokumentation. Sie haben fachgerecht und erfolgreich gehandelt. Bei der nächsten MDK-Prüfung wurde ihr Handeln schriftlich als „nicht sach- und fachgerecht" s bemängelt. Sie hatten es versäumt, eine Pflegeplanung zu erstellen. Es hieß, sie hätten das Problem nicht planmäßig bearbeitet, und ein negativer Gewichtsverlauf wäre ihnen auch nicht aufgefallen. Hat man da noch Worte?!

Obwohl es dabei keinen Bezug zur Altenpflege gibt, fällt mir in diesem Zusammenhang oft mein Besuch im Britischen Museum in London ein. In der öffentlich zugänglichen Abteilung für Literatur gab es viel Staunenswertes: Erstausgaben von Shakespeare, Originalnotenblätter von John Lennon und noch viel mehr. Auch ein deutscher Text war ausgestellt. Ich schwanke bis heute zwischen Lachen und Schämen: es war eine Ausgabe des Deutschen Kleingartengesetzes von Achtzehnhundert-schieß-mich-tot. Es hat sich viel verändert seit der Zeit der Dichter und Denker. Heute sind wir eher ein Volk der bürokratischen Lenker, um das Wort „Korinthen-Kacker" zu vermeiden. Ach Mist, jetzt habe ich es doch geschrieben.

Kleider machen Leute

Was trägt die Pflegekraft von heute? Im Krankenhaus ist klar, dass spezielle Pflegekleidung getragen wird. Im Pflegeheim gab es immer schon eine Kontroverse über Pflegekleidung, die natürlich alle Hygienevorschriften erfüllen muss, und Privatkleidung (die natürlich vor und nach dem Dienst gewechselt werden muss), um ein Krankenhaus-Flair zu vermeiden. Die zuständige Berufsgenossenschaft scheint der Meinung zu sein, einheitliche Arbeitskleidung gewinnt. Also wird welche angeschafft. Als sie an die Mitarbeiter verteilt wird, haben wir eine Warmwetterphase. In den USA werden Temperaturen von über 45 ° Celsius gemessen, und bei uns in Norddeutschland sorgt die hohe Luftfeuchtigkeit für Schweißausbrüche, sobald man sich nur bewegt. Schnell wird klar, dass am falschen Ende gespart wurde. Der Polyester-Anteil im Stoff ist so hoch, dass das Tragen der Kasaks unerträglich ist. Sobald der Chef aus dem Haus ist, fliegen die Oberteile in die Ecke und frische T-Shirts erscheinen aus den Taschen und Rucksäcken der Pflegekräfte.

Denn sie wissen nicht, was sie tun

Ein Drama in einem Akt.

Handelnde Personen:
- Der Meister
- Der Geselle
- Der Auszubildende

Meister zum AZUBI: „Was machst Du gerade?"
AZUBI: „Ich sortiere die Schrauben."
Meister: „Hör sofort damit auf, nimm Dir den Laubbläser und reinige den Hof."
AZUBI: „Aber Meister, das darf ich doch nicht, es ist Mittagsruhe!"
Meister: „Mach, was ich Dir sage."
AZUBI: „Schon gut, aber die Mecker von den Nachbarn kriege ich wieder ab."
Gesagt, getan.
Geselle am Telefon zum AZUBI: „Was machst Du gerade?"
AZUBI: „Laub blasen."
Geselle: „Bist Du wahnsinnig? Jetzt ist Mittagsruhe. Sortiere die Schrauben."
AZUBI: zensiert.

Dieser Vorfall hatte zwar andere Akteure und andere Aufgaben, ist aber wirklich passiert. Aber ich will ja keine Mecker vom Meister...

DER TEUFEL, DEN MAN FÜRCHTET ... IST MANCHMAL DER TEUFEL, DEN MAN KENNT

Seit über einem Jahr haben wir keinen Corona-Fall mehr im Heim gehabt. Da der Blitz selten zweimal an derselben Stelle einschlägt, sind wir alle unterschwellig davon überzeugt, dass wir mit Corona ein für alle Mal durch sind. Wir, meine Frau und ich, sind für eine Woche krankgeschrieben (ohne jeden Bezug zu Corona). Kurz bevor wir wieder loslegen können, erreicht uns die Nachricht einer befreundeten Kollegin: zwei Bewohner positiv auf Corona getestet, eine davon im Krankenhaus, trotz Impfung. Ein noch nicht geimpfter Kollege ebenfalls. Ein kompletter Wohnbereich über zwei Etagen unter Quarantäne. Pflege nur noch mit allen Schutzmaßnahmen, einschließlich der ungeliebten FFP-2-Masken. Obwohl es noch drei Tage hin ist, bis wir wieder arbeiten werden, rutscht uns das Herz in die Hose. Auch wir haben uns nach der vollständigen Impfung in Sicherheit geglaubt. Abgesehen davon, dass das Arbeiten jetzt wieder sehr viel belastender werden wird, haben wir Angst um unsere Gesundheit, um unser Leben. Wir gehören beide zur Risikogruppe und haben am letzten Heiligen Abend meinen Vater an Corona verloren.

Wir haben in letzter Zeit oft darüber gesprochen, was der Job uns kostet.

Meine Frau hat in den letzten Wochen mehr Nitrolingual-Spray verbraucht als in den letzten zwei Jahren (das ist ein Herzmedikament, das sie bei Stress benötigt), ich kann kaum noch laufen und habe in jedem wachen Augenblick Schmerzen. Jede zweite Familienfeier findet ohne uns statt oder wird unseretwegen verschoben. Ein paar Tage Urlaub zur Hochzeit meines Bruders in drei Monaten? Haha! Und jetzt sehen wir uns wieder der Bedrohung einer potenziell gefährlichen Infektion ausgesetzt. Ist das Leben nicht wunderbar? Leute, werdet Altenpfleger!! Die Anerkennung! Das Arbeiten mit Menschen! Und erst das Gehalt!

Hört denn niemand unsere Schreie?!

Scheiße, wir haben Angst.

Die Kommissare in amerikanischen Krimis (die, die niemals Feierabend haben und ohne die in ganz New York nichts geht) sagen gern mal Dinge wie: „Verdammt, ich habe dieser Stadt mein ganzes Leben geopfert und zwei Ehen. Und das ist jetzt der Dank?!". Manchmal verstehen wir sie. Am schlimmsten ist das erdrückende Gefühl, nicht aussteigen zu können. Ganz abgesehen von den finanziellen Folgen quält einen das Gefühl, seine Pflicht zu verletzen und alles sich selbst zu überlassen. Wo kommen wir hin, wenn das alle tun?! Aber schulden wir der Gesellschaft wirklich unser Leben? Und um nicht weniger geht es. Selbst, wenn es nicht unser physisches Leben kostet, bleibt von uns als Menschen am Ende wenig übrig. Tatsächlich haben wir schon erlebt, dass Kollegen am Ende ihres Berufsweges oder kurz nach der Berentung verstorben sind. Wir sind wie die letzten Jedi-Ritter. Das letzte Bollwerk, bevor nichts mehr geht. Wie könnte man da ohne Gewissensbisse aussteigen? Wer wird denn die Pflege der uns anvertrauten Menschen übernehmen, wenn wir anfangen, ans uns selbst zu denken, weil wir nicht mehr können?

Wie hält man das aus?

Wir sehen in unserem Job Dinge, die nicht leicht zu verkraften sind. Schon im Zivildienst habe ich eine alte Dame versorgt, die ihren Hautkrebs viel zu spät hat behandeln lassen und mittlerweile eine Haut wie ein Krokodil hatte. Die ausgebildeten Kollegen konnten oder wollten die Wundverbände nicht machen, weil es zugegebener Weise kaum auszuhalten war. Also habe ich die Verbände gewechselt. Als Neuling war ich sogar etwas stolz darauf. Jahrzehnte später pflegen meine Kollegen eine Frau mit starken Durchblutungsstörungen in den Beinen. Eines Tages verschließt sich im rechten Bein das Haupt-Blutgefäß. Sie muss sich entscheiden, entweder das Bein amputieren zu lassen oder an der unvermeidlichen Blutvergiftung zu sterben. Nach vielen Gesprächen mit den Krankenhausärzten, ihr selbst und ihrer Familie fällt die Entscheidung, dass sie die Welt im Ganzen verlassen will, die Amputation also ablehnt. Wir können diese Entscheidung gut nachvollziehen. Leider befinden wir uns mitten im Sommer, als sie aus dem Krankenhaus zu uns zurückkommt. Trotz aller Vorsorge, z. B. Insektengitter an allen Fenstern ihres Zimmers, passiert etwas, worauf alle gern verzichtet hätten. Der Tod tritt nicht so schnell ein, wie es wohl auch sie selbst gehofft hatte, und das Bein ist vollständig abgestorben. Irgendwann findet eine Fliege ihren Weg in das Zimmer der Dame und tut, was Fliegen in totem Fleisch nun einmal tun: sie legt ihre Eier ab. Einige Tage später wimmelt die

Wunde vor Maden. Der Palliativ-Arzt belehrt uns am Telefon: „was haben Sie denn erwartet?!". Da ich nicht für die Versorgung der Dame zuständig bin, verzichte ich ausnahmsweise darauf, mir die Wunde persönlich anzusehen. Auch ich habe meine Grenzen.

Weniger schlimm, aber im Ekelfaktor auch nicht zu unterschätzen, ist das „Renovieren in Braun". Man nehme einen 90 kg schweren Bewohner mit weit fortgeschrittener Demenz und vollständiger Inkontinenz. Der Frühdienst betritt frühmorgens das Zimmer, schaltet das Deckenlicht ein und bereut das im nächsten Augenblick. „Wenn ich mich ganz leise verhalte merkt vielleicht keiner, wenn ich heimlich verschwinde?!" Der Bewohner selbst in übergangslosem Braun, Bettzeug und Bettgestell ebenfalls, und an der Wand ein Picasso, der Auge und Nase gleichermaßen anspricht.

Auch die Evolution meint es diesbezüglich gut mit uns. Es gibt da diesen wundervollen uralten Reflex, er nennt sich „Brechreiz". Man denke an eine Gruppe Homo Sapiens, die, leicht vornübergebeugt, vielleicht auch „Hoch auf dem gelben Wagen" singend, durch eine ihnen fremde Landschaft streift. Es gibt ein überraschendes Angebot an neuen Nahrungsmitteln, sozusagen ein frühzeitliches „Mc Knolle" oder „Körner King". Einer unserer tapferen Vorfahren, der seinen Appetit schlecht zügeln kann, ist immer der erste, der bereit ist, etwas Neues zu probieren. Die anderen denken sich, was ihm bekommt, bekommt uns auch und greifen ebenfalls zu. Hat unser kleiner Fresssack etwas erwischt, was dann doch nicht wirklich bekömmlich ist, erbricht er es und seine Kumpane, die ja das gleiche gegessen haben, werden von dem Geruch des Erbrochenen unweigerlich dazu angeregt, das unbekömmliche Essen ebenfalls wieder von sich zu geben. Eine tolle Idee von Mutter Natur. Und sie funktioniert bis heute. Igitt!

Mein Vater war bei der Wasserschutzpolizei und hat in seinem Job Dinge gesehen, die man sich nicht wirklich vorstellen mag; er war bei der Hamburger Sturmflut von 1962 dabei und hat Menschen unter ihrer eigenen Zimmerdecke treiben sehen, Wasserleichen in verschiedenen Stadien der Verwesung und Erhängte, die sich, vom Strick befreit, auf die Schuhe der Polizisten erbrechen. Als junger Erwachsener, der damals noch keine Ahnung von Altenpflege hatte, habe ich ihn mal gefragt, wie er das aushält. Er sagte „das ist mein Job, jemand muss es ja machen". Er hatte Recht.

Der Fehler im System

Corona-Zeit. So gut wie alle Bewohner sind vollständig gegen Corona geimpft, trotzdem erkranken einige im Sommer 2021. Zum Teil schützt die Impfung wie versprochen gegen einen schweren Verlauf; vereinzelt hätte man die Infektion ohne Test nicht einmal bemerkt. Eine alte Dame, die bereits vor ihrer Corona-Infektion die ersten Schritte auf ihrem letzten Weg gemacht hatte, hat dem Virus leider nichts mehr entgegenzusetzen. Ein Kollege meint, hier hätte ein Virus-Praktikant genügt, um das bisschen Arbeit zu erledigen. Sie liegt eindeutig und offiziell im Sterben. Seit Tagen nimmt sie weder Essen noch Trinken zu sich, und dass sie noch lebt, straft jedes Lehrbuch Lügen. Ihre Tochter ist bis dato eher als Quertreiber aufgefallen; sie trägt bei ihren Besuchen nicht den vorgeschriebenen Mund-Nasen-Schutz. Sie isst trotz Infektionsgefahr mit ihrer Mutter vom selben Löffel, obwohl überall Hinweise aushängen, wie man sich zu verhalten hat. Jetzt taut sie merklich auf und wendet sich vertrauensvoll an uns. In ihrer Sorge um die Mutter ist sie absolut authentisch und realistisch angesichts der Situation. Sie sitzt – wegen der Corona-Infektion in vollständiger und schweißtreibender Schutzkleidung – stundenlang am Bett ihrer Mutter. An einem Dienstag, den ihre Mutter lt. Lehrbuch gar nicht mehr hätte erleben dürfen, berichtet sie, dass sie sicher ist, ihre Mutter hätte Schmerzen. Sie bittet um eine Erhöhung der Schmerzmedikamente. Ihre Mutter hat eine sogenannte Patientenverfügung hinterlegt, in der genau geregelt ist, wie im Falle einer ernsthaften Erkrankung vorzugehen ist. Der Wunsch der Tochter deckt sich mit den Vorgaben der Patientenverfügung und ich werde aktiv: ich kontaktiere den Hausarzt, und der verordnet Morphium-Spritzen. Ich frage bei der Apotheke per Telefon nach, ob sie das Medikament vorrätig haben und erfahre: ja, die entsprechende Dosierung ist vorrätig. Der für Corona-Fälle zuständige Arzt ruft noch einmal an und vergewissert sich, dass das Medikament auch wirklich da ist. Ja, die Apotheke hat die Lieferung für heute zugesagt. Im Hintergrund höre ich, dass jemand versucht, mich zu erreichen, das Telefon zeigt an, dass jemand anklopft. Nachdem ich das Gespräch mit dem Arzt beendet habe, informiert mich ein Kollege, der mein Telefonat statt meiner angenommen hat, dass die Apotheke zwar das Medikament vorrätig hat, aber nicht in der verordneten Packungsgröße. Da es sich um ein Betäubungsmittel handelt, das streng reglementiert ausgegeben wird, darf sie das Medikament auch nicht anders als verordnet abgeben. Also: kein dringend benötigtes Morphium. Abholung morgen ab 10.00 Uhr. Die erwähnte Tochter erklärt sich am Telefon sofort bereit, das zu erledigen. Um 5.00 Uhr am nächsten Morgen ist die alte Dame tot. Ohne Morphium. Das schlimme ist, dass niemand einen Fehler gemacht hat, das System gibt es nun einmal so vor. Die einzige Möglichkeit, die Versorgung eines Sterbenden reibungslos zu organisieren, ist ein sogenanntes Palliativ-Team. Das Wort palliativ kommt aus dem Lateinischen und bedeutet sinngemäß: in einen Mantel hüllen. Damit ist gemeint, dass der Patient nicht mehr geheilt werden kann, sondern behütend und umsorgend gepflegt wird. Das bedeutet nicht, dass der Patient demnächst stirbt, eine palliative Pflege kann durchaus über Jahre erfolgen, allerdings greift das Palliativ-Team in der Regel erst in der akuten Phase ein. Zu diesen Teams gehört ein ausgebildeter Palliativ-Arzt, der nicht nur für genau solche Situation geschult ist, sondern auch ein wesentlich höheres Budget für die medizinische Versorgung zur Verfügung hat. An seiner Seite ein Team von ebenfalls besonders geschulten Pflegefachkräften, von denen immer eine im Schichtdienst erreichbar ist. Leider braucht es dazu in der Regel die Verordnung des Hausarztes, und nicht jeder Hausarzt ist bereit anzuerkennen, dass er in so einer Situation auch mal zurückstecken könnte.

Gleicher Wohnbereich, andere Bewohnerin. Sie ist eigentlich viel zu jung für ein Pflegeheim, aber ihr Gesundheitszustand lässt leider keine Alternative. Medizinisch ist sie austherapiert. Sie hat eine schwere Lungenerkrankung und leidet häufig unter schwerer Luftnot. Niemand, der es nicht selbst erlebt hat, kann sich vorstellen, welche Qual das sein muss. Diese Luftnot hindert sie allerdings nicht daran, unaufhörlich und sprichwörtlich ohne Luft zu holen zu rufen: „Hilfe!" „helft mir!", „Hilfe!". Betritt man das Zimmer, beruhigt sie sich sofort und hat auch eigentlich keine konkreten Wünsche. Aber wie soll es bewerkstelligt werden, dass immer jemand bei ihr sitzt?! Die eigene Tochter kommt nicht zu Besuch, weil sie die Situation nicht ertragen kann.

Die Situation spitzt sich schrittweise zu, die Hilferufe werden nicht weniger, aber leiser und man spürt ihre Angst und ihr Leid. Es ist auch für uns kaum zu ertragen, unsere eigene Hilflosigkeit zu erleben. An einem

Donnerstagabend, nach einer besonders belastenden Arbeitsschicht, sitzen wir zusammen beim Fernsehen und sprechen über die Dame. Wir beschließen, den Hausarzt um eine Verordnung für das Palliativteam zu bitten, obwohl wir wissen, dass dieser spezielle Hausarzt damit sehr zurückhaltend ist. Da die Arztpraxen am Freitagmittag schließen und unser Dienst erst um 13.00 Uhr beginnt, rufen wir unsere Kollegen vom Frühdienst an und schildern unseren Vorschlag. Die Kollegin ist sofort bereit, eine entsprechende Anfrage an den Arzt zu richten, was über ein Fax geschieht. Als wir mittags zum Dienst kommen, liegt bereits eine Antwort des Arztes vor, ebenfalls per Fax. Sie lautet: „iklli wwmiq hzguzg". Mit anderen Worten, sie ist völlig unleserlich. Gemeinsam gelingt es uns, die Hieroglyphen in unsere Sprache zu übertragen. Der Arzt bedankt sich, lehnt die erbetene Verordnung ab und verweist auf eine Anlage, die dem Fax beiliegen sollte, aber nicht vorhanden ist. Die Praxis ist natürlich längst geschlossen und Nachfragen nicht mehr möglich. Einige Recherchen später wissen wir immerhin, dass der Arzt ein starkes Beruhigungsmittel verordnet hat. Leider hat er keine Anordnung getroffen, wann und in welcher Dosierung das Medikament gegeben werden soll, wodurch die Tabletten ungefähr so sinnvoll wie ein drittes Nasenloch sind. Wir wissen zwar, dass wir alles getan haben, was uns möglich war, sind aber total frustriert. Wie sind ja auch nur Menschen und es ist traurig, dass ein Mensch in einer Gesellschaft wie der unseren so sterben muss. Einige Tage später kommt die Tochter der Dame dann doch zu Besuch, denn ihrer Mutter geht es von Tag zu Tag schlechter. Da unser Wohnbereich bis zu diesem Tag wegen Corona unter Quarantäne steht, unterhalten ich mich im Empfangsbereich mit ihr, direkt vor unserem Wohnbereich. Mitten im Gespräch klingelt eine andere Angehörige an der Eingangstür. Da dieses Gespräch wirklich sehr wichtig ist und sensibel obendrein, signalisiere ich der Dame vor der Tür, sie möge zwei Minuten warten, ich käme dann gleich. Nachdem das Gespräch beendet ist, gehe ich umgehend zur Tür und öffne sie. Die Tochter der sterbenden Dame nutzt die Gelegenheit, um das Haus zu verlassen. Kaum ist die Tür offen, explodiert die draußen wartende Dame zart schaumgebremst, weil sie zwei Minuten warten musste. Sie würde sich am nächsten Tag über mich beschweren. Die Angehörige, mit der ich frecherweise im Gespräch war, dreht sich zu mir um, zuckt fragend die Achseln und entweicht. Ich würde mich ihr gern anschließen. Ich weiß zwar, dass ich im Recht bin, habe aber für eine ähnliche Situation schon einmal einen Einlauf kassiert. Den Rest des Tages, selbst abends beim Fernsehen, komme ich deshalb nicht wirklich zur Ruhe. Ich werde diesen Tag dem Berufsleben ich Rechnung stellen, wie so viele zuvor. Am nächsten Tag stellt sich heraus, dass ich dieses Mal Glück habe (obwohl ich ja eigentlich im Recht bin, aber man weiß ja, wie sowas trotzdem manchmal ausgehen kann); die cholerische Dame hat anscheinend ihren Groll vergessen und es gibt mal kein Kritikgespräch. So etwas erlebt man eigentlich nur als Mitarbeiter eines Pflegeheims. Man stelle sich vor, man geht zum Beispiel in einen großen Elektronik-Fachmarkt; da man sich nicht auskennt, braucht man eine professionelle Beratung oder einfach nur einen Lageplan, um den gesuchten Artikel zu finden. Sind alle Verkäufer gerade in einem Kundengespräch, greift man sich den nächstbesten, verlangt sofortige Hilfe und brüllt ihn an, man werde sich beschweren. Obwohl ich schon verschiedentlich ein derartiges Bedürfnis hatte, käme ich nie auf die Idee, so etwas tatsächlich zu tun. Bei uns im Pflegeheim ist das offensichtlich kein Problem. Selbst im Krankenhaus sind die meisten Patienten und Angehörigen zu verängstigt und hilflos, um sich dermaßen danebenzubenehmen. Zumindest die meisten. So betrachtet kommt uns der Beifall von den Balkonen wegen unserer Leistung bei der Corona-Pandemie fast wie Hohn vor. Ich habe irgendwo gelesen, dass während der ersten Corona-Welle in einem Pflegeheim in Norwegen das gesamte Personal eines Pflegeheims abgehauen ist, ohne sich um weiteres zu kümmern und die Bewohner sich selbst überlassen hat. Das macht auch uns sprachlos, und genau deswegen, liebe Leute: weniger klatschen, etwas mehr Respekt. Danke.

Überhaupt, die Tabletten: ein unerschöpflicher Quell der Freude. Kann man sie einnehmen, wie der Hersteller es gewollt hat, ist alles gut. Manche Bewohner können aber größere Tabletten nicht mehr schlucken. Noch besser ist es, wenn ein Bewohner über eine Magensonde ernährt wird und gar nicht mehr schlucken kann und darf. Na ja, nehmen wir einen Mörser und zermahlen die kleinen Biester; etwas Wasser drauf, umrühren, fertig?! Schön wär's. Einige Tabletten darf man nicht mörsern, weil sie sonst ihre Wirkung verlieren. In der Regel sind das sogenannte „Retard-Tabletten", die ummantelt sind und ihren Wirkstoff dadurch langsamer und über eine längere Zeit freigeben. Andere sind beschichtet und lösen sich erst im Dünndarm auf. Ohne diese Beschichtung zerstört die Magensäure den Wirkstoff. Natürlich hindert das manche Ärzte nicht daran, genau diese Tabletten zu verordnen, obwohl es viele Medikamente auch in flüssiger Form gibt. Wir fragen in unserer Vertragsapotheke nach, ob diese oder jene Tablette gemörsert werden darf. Wir kontaktieren den Arzt, weisen ihn darauf hin, wenn dies nicht möglich ist und es passiert – nichts. Bei der nächsten Prüfung, wer muss sich rechtfertigen? Wir. Und man sollte gar nicht glauben, wieviel Tabletten manche Menschen einnehmen müssen (wir übrigens auch).

Eine Tablette für dieses, eine andere für jenes. Und dann eine als Gegenmittel für die Nebenwirkungen der ersten zwei. Es heißt, kein Computer der Welt könne alle möglichen Wechselwirkungen von vier oder mehr gleichzeitig zu nehmenden Medikamenten berechnen. Umso faszinierender, wie virtuos manche Ärzte mit dem Medikamentenmanagement umgehen können. Sie scheinen durch Erfahrung und Gespür das zu können, was ein Computer nicht kann. Ist doch schön zu wissen, dass Computer nicht alles besser können als wir Menschen, zumal dann, wenn es um uns Menschen geht.

Wir sind sprachlos

Es ist Montag, wir hatten das Wochenende frei. Mittags die Übergabe. Eine alte Dame, sie ist schwer an Demenz erkrankt, lebt seit ca. 2 Jahren bei uns. Sie hatte es schwer, sich bei uns einzuleben und ihre Sprachkompetenz ist bereits ziemlich eingeschränkt. Mittlerweile findet sie sich ganz gut zurecht, obwohl sie manchmal ihr Zimmer nicht findet. Es kommt vor, dass sie anfängt zu weinen und uns fragt, ob ihre Kinder sie vergessen hätten. Denn in der Tat: Besuch kommt so gut wie gar nicht. Nun soll sie in zwei Tagen ausziehen, in ein anderes Pflegeheim. Dieses befindet sich – in Tschechien! Tschechien?? Wie uns die Tochter, die mit ihrem Bruder eine Generalvollmacht von ihrer Mutter hat, bestätigt uns noch am selben Nachmittag, dass ihre Mutter weder irgendeinen Bezug zu Tschechien hat, noch Freunde oder Familie dort leben. Und nein, die Kinder haben auch nicht vor, ebenfalls dorthin zu ziehen. Dem Vernehmen nach ist wohl nicht wenig Geld vorhanden. Mit blauen Augen und unschuldigem Blick berichtet die Tochter, das tschechische Heim würde immerhin 600 Euro kosten. Die Leistungen der Pflegeversicherung beträgt in ihrem Pflegegrad drei 1.262 Euro, dazu kommt noch ein Eigenanteil von ca. 700 Euro. So gesehen ein gutes Geschäft für die Kinder. Dafür sitzt Mutti zwar ganz allein in Tschechien, aber der Tochter wurde versichert, dass das Personal deutsch spricht. Man kann eben kein Omelett zubereiten, ohne Eier zu zerschlagen ...

Ein Fazit – Michael

Wenn ich zurückdenke, was ich mit meinem Leben einmal anfangen wollte, als ich noch klein war, war mein erster Berufswunsch einer, den wahrscheinlich jeder vernünftige Junge in dem Alter hat: ich würde Spider-man werden. Das mit der Wandkrabbelei hätte ich bestimmt irgendwann hingekriegt, aber noch während ich fleißig dafür übte, ereilte mich eine starke und rasch fortschreitende Kurzsichtigkeit. Schon bald ging es nicht mehr ohne Brille. Wer hätte je von einem Superhelden mit Brille gehört?! Also Fiel-man statt Spider-man.

Als Teenager entdeckte ich dann meine Liebe zum Bodybuilding. Ich trainierte wie ein Berserker, und dann war es mir klar: ich werde Mr. Olympia! Das ist der wichtigste Wettkampf im Profibodybuilding. Er wird seit 1965 einmal im Jahr ausgetragen, und nicht einmal 20 Athleten konnten den Titel bisher gewinnen dank einigen Seriengewinnern wie z. B. Arnold Schwarzenegger, der den Titel 7 x gewann und damit noch nicht einmal Rekordhalter ist. Nachdem ich zwei kleine regionale Wettkämpfe souverän verloren hatte, beschloss ich selbstlos, auch anderen Athleten eine Chance zu geben und erlernte einen „normalen" Beruf.

Heute erfülle ich mir einen Wunsch, der mich unterschwellig mein ganzes Leben lang begleitet hat: ich schreibe. Und ich tue es nicht allein; meine Frau schreibt mit mir. Wenn es uns gelingt, Sie zu unterhalten, erfüllt sich damit eigentlich der beste Berufswunsch.

Inzwischen ist unser erstes Buch auf dem Markt und wir haben bereits viele Rückmeldungen bekommen, über die wir uns sehr freuen, nicht zuletzt Rückmeldungen von Vertretern von Berufsgruppen, die im Buch thematisiert wurden. Wir sind glücklich, dass es uns gelungen ist, niemanden mit unserem Buch vor den Kopf zu stoßen.

Ein Fazit – Elisabeth

Ich war mein ganzes Leben für die Altenpflege tägig. Früher hatte ich Elan und Feuer im Bauch, um es allen recht zu machen. Zuerst als mithelfender Zögling, ich lebte damals in einem Kinderheim und konnte mir so mein Taschengeld aufbessern (so nannte man das damals) und so habe ich so mit der Altenpflege angefangen.

Als ich das Heim verließ, habe ich eine Ausbildung zur Kinderpflegerin gemacht und in dem Moment als ich fertig und auf Jobsuche war, fiel mir eine kleine Anzeige auf. Im Wochenblatt wurde eine Pflegekraft für ein kleines Pflegeheim gesucht. Es war direkt um die Ecke und bin auch genommen worden. Ich verblieb dort 10 Jahre und die haben mich sehr geprägt. Alles Wichtige und Besondere hat mich meine Seniorchefin gelehrt. Sie war wie eine Mutter zu mir und hat mich nicht nur den Sinn für die Altenpflege gelehrt, sondern mir in vielen Dingen auch den Sinn des Lebens erklärt.

Ich habe 1990 angefangen und 2000 gekündigt. Ich habe durch das Bohren einer Freundin begonnen, mein Examen zu machen das ich dann auch in einem anderen Heim bestanden habe. 2002 habe ich es geschafft und auch das ist jetzt schon 20 Jahre her. Und ich muss ehrlich gestehen, dass ich genug davon habe. Ich habe nicht mehr die Nerven für den MDK oder Heimaufsicht. Deren Art und Weise haben mich völlig demoralisiert. Ich habe keine Nerven mehr für Angehörige, die alles und jedes in Frage stellen. Fragen wie „wo ist das Hörgerät", „wo sind die Zähne", „wo sind die Handschuhe"... usw. Ich bin es satt, dass ich oder die Kollegen an allem Schuld haben. Ich bin es satt, die Demenz von manchen Bewohnern auszuhalten und ich bin es satt, dass der Chef nicht in der Lage ist, uns davor zu schützen.

Ich denke oft über eine Rente nach, aber das ist leider nicht möglich, denn wir müssen noch einen Kredit abzahlen.

Mein Fazit ist eigentlich, dass ich bete, dass unsere Bücher alle erreichen, die mit Pflege zu tun haben und es ihnen vielleicht ein wenig hilft, ihre Situation auszuhalten.

Ich halte es eigentlich nicht mehr aus und ich hoffe, dass unseren tollen Schüler und fertigen Pflegefachkräfte das Ruder übernehmen und diese Station mit den vielen neuen Bewohnern mit ihren vielen neuen Ideen überschütten und sie mich als alten Hasen nicht mehr brauchen.

Und wenn ich reich werden sollte, was der Realität völlig widerspricht, möchte ich ein Haus am Meer mit einem schönen Zaun um unseren giftigen kleinen Liebling, unseren Hund Erwin, im Zaum zu halten.

Die Hoffnung stirbt zuletzt.

Vivo Per Lei
(Andrea Bocelli und Judy Weiss)

Musik bestimmt mein Leben, ich habe gute Tage und manchmal sehr schlechte Tage und ich stelle fest, dass sie mir hilft, alles auszuhalten.

Ohne sie geht nichts, jede Situation, die mein Leben irgendwie beeinflusst hat, ist mit einer Melodie untermalt. Ich habe Musik, die mich innerlich wachsen lässt, so wie „Here's to the Heros" von Ercan Aki.

Musik, die manchmal auch sehr traurig macht, wie Dolly Parton mit dem Song „Jolene". Es zerreißt mir fast das Herz darüber nachzudenken. Es war einer der Lieblingssong meiner verstorbenen Mutter.

Aber auch wunderschöne Musik wie Nightwish, die Micha und mich zusammengebracht haben.

Selbst die Nachmittage bei Eltern beim Kartenspiel mit Dean Martin, Ronny und Tony Christi zaubert mir eine Gänsehaut, die ich nie vergessen möchte.

Ich erinnere mich, dass ich für die Bewohner auf einen Dementen-Bereich Dean Martin angemacht habe, und sie haben es wahrgenommen … und ich auch. Eigentlich saß ich bei Eltern am Tisch und wir haben gegessen, geschnattert und sämtliche Probleme auf dem Erdball gelöst. Solche Momente, wo Du spürst, dass Du geliebt und akzeptierst wirst. Ich weiß, sie sind nicht meine Eltern und doch habe ich das Gefühl, ich könnte mich auf ihren Schoss setzen und wissen es wird alles gut. Leider ist Papa letztes Weihnachten von uns gegangen.

Er ist in meinen Augen ein Held. Der Song „Vater" von Manowar hat mich sehr geprägt. Ich durfte nur 16 Jahre Teil seines Lebens sein und doch haben mich seine Güte, sein Stolz, seine Liebe und Eloquenz, sein „Heart of Steel" (von Manowar) auf ewig geprägt.

Wenn es um mich geht, so hoffe ich, dass andere Menschen Peter Maffay vor Augen haben. „So bist Du" oder Doro Pesch „Für immer". So durchzieht die Musik mein Leben, und sie ist immer bei mir und berührt mich.

Der Autor

Michael Wittern wurde 1967 in Hamburg-Altona geboren. Er arbeitet als „Beauftragter für das Qualitätsmanagement in sozialen Einrichtungen". In zweiter Ehe mit Elisabeth Wittern verheiratet, liest er gerne und hört Heavy Metal.

Elisabeth Wittern wurde 1965 im niederländischen Heerlen geboren. Sie ist seit 30 Jahren in der Pflege tätig. In ihrer Freizeit liest sie gerne, hört Musik und schaut Filme.

novum VERLAG FÜR NEUAUTOREN

Der Verlag

„ *Wer aufhört
besser zu werden,
hat aufgehört
gut zu sein!*

Basierend auf diesem Motto ist es dem novum Verlag ein Anliegen, neue Manuskripte aufzuspüren, zu veröffentlichen und deren Autoren langfristig zu fördern. Mittlerweile gilt der 1997 gegründete und mehrfach prämierte Verlag als Spezialist für Neuautoren in Deutschland, Österreich und der Schweiz.

Für jedes neue Manuskript wird innerha b weniger Wochen eine kostenfreie, unverbindliche Lektorats-Prüfung erstellt.

Weitere Informationen zum Verlag und
seinen Büchern finden Sie im Internet unter:

www.novumverlag.com